KB065610

나는 이제
괜찮아지고
있습니다

임후남

프롤로그

오늘 아침 당귀 새순을 따다 보니 새 가지가 몸을 뒤틀고 있었습니다. 가만 들여다보니 꽃을 품고 있었습니다. 한쪽에는 이미 당귀가 꽃을 활짝 피우고 있었습니다. 한 개의 꽃대에 여러 개의 가지가 달리고, 둥그렇게 피어난 꽃에는 수백 개의 하얀 꽃들이 달려 있었습니다.

마당을 둘러보다 꽃을 품은 다른 것들도 가만 들여다봤습니다. 이제 한두 송이 피어나기 시작하는 아이리스도 봉긋한 것이 막 터질 때에는 몸을 뒤틀고 있었습니다. 꽃을 피워내는 일은 저마다 힘든 일이구나, 처음 느꼈습니다.

그러다 문득 저들은 한껏 뽐내기 위해 꽃을 피우고, 꽃만 피우기 위해 사는 게 아닌, 그냥 살아내는 일이라는 데 생각이 미쳤습니다. 사람이야 아름답다고 꽃만 보지만, 꽃 자신은 뽑히지 않고 살다 보니 뿌리가 튼실해지고, 꽃도 피우고, 열매도 맺는 것이지요. 어쨌든 살아서, 살아 내다 보니 다음 해에는 더욱 뿌리가 튼실해져 주변으로 좀 번져가고, 다시 꽃을 피우고, 다시 열매 맺고.

하루하루 살아냅니다. 그러고 보니 나는 점점 괜찮아지고 있구나, 싶었습니다. 아직도 방황하고, 실수하고, 잘못한 것들을 어쩌지 못해 안절부절하기도 하고, 상처를 주고받지만, 그럼에도 불구하고 저는 괜찮아지고 있는 중입니다.

아픈 마음을 지나 시골책방에서 만난 자연과 책과 사람들.

그것들은 단 한 번도 같은 모습이 아닌, 매일 새로운 모습으로 열고

닫힙니다. 그것들은 저를 묵직하게 다독입니다.

봄비가 내리는 마당에 서면 흐뭇합니다.

새순들이 봄비를 머금고 훌쩍 자랄 것이 보이기 때문입니다.

많은 책들 앞에 서면 즐겁습니다.

혼자만의 유영이 은밀하고 온전할 수 있기 때문입니다.

어떤 사람이 책방 문을 열고 들어올지 알 수 없습니다.

그런데 그들이 남기고 가는 파동은 어떤 무늬론가 남습니다.

시골에서 책방을 하면서 나는 점점 괜찮아지고 있습니다.

2021년 5월

시골책방 생각을담는집에서

목차

1장
책을 읽는 그대에게

2장

시골에 살고 책방을 해요

3장

생활이 좀 호사스럽습니다

4장

나는 괜찮아지고 있는 중입니다

1장

책을 읽는 그대에게

1.

햇살 한 줌,
봄바람 한 줄기를
동봉합니다

봄이 오고 있습니다. 햇살도 따뜻하고 바람도 따뜻합니다. 추위에 떨 때는 봄은 언제나 올까 싶은데 이렇게 봄은 어김없이 겨울을 이기고 옵니다.

안녕하세요.

겨우내 조용했던 책방도 이제 봄 준비를 합니다. 봄이 되면 야외에서 행사를 할 수 있으므로 크고 작은 행사를 준비하고 있습니다. 혼자 노는 것보다 같이 노는 것이 재미있으니까요.

어떤 분이 찾아오셔서 이야기를 나누던 중 가까운 곳에 당신 밭이 있는데, 나중에 와서 매실을 따 가라 했습니다. 매화나무가 얼마나 되느냐 했더니 5천 평이 매화나무 밭이라고 했습니다. 흠. 저는 그만 할 말을 잃고 잠시 멍하니 서 있었지요. 그러다 5천 평 규모에 피어나는 매화꽃이 그려졌습니다. 얼마나 아름다울까요.

"매화 축제를 하시죠!"

매실보다 저는 매화꽃이 더 매력적이었습니다. 혼자, 혹은 가까운 사람 몇을 불러 즐기는 것보다 여럿이 즐기면 얼마나 좋을까요. 매화꽃 아래에서 클래식 콘서트를 한다면, 시 낭송을 한다면, 아이들과 동시 쓰기를 하고, 그림 그리기를 한다면. 저는 참 할 일이 많을 것 같아 잠시 흥분했습니다. 그러나 모두 다 저처럼 일을 벌이고 살지는 않을 것이므로 마음을 가라앉혔습니다. 그래도 생각할수록 그 5천 평에 피어나는 매화꽃이 눈에서 떠나지 않는 것이었습니다.

시골책방 정원으로 나갔습니다. 한쪽에는 붓꽃이, 그 옆에는 도라지가, 다시 그 앞으로는 보리와 파, 백일홍 등등. 정원인지 밭인지 조금 헷갈리지만 정원이 밭인, 밭이 정원인 풍경이 저는 참 좋습니다. 선은 있으나 경계가 없는. 적당히 거리를 유지함으로써 서로를 침범하지 않되 함께 어우러지는 채소와 화초들. 먹는 즐거움과 함께 보는 즐거움이 더 큰 것들.

이곳에 이사 와서 집 수리를 마치고 봄과 여름을 지낸 후 가을 어느 날 마당을 밀었습니다. 언덕도 있었고, 웅덩이도 있었고, 마당 한가운데 나무들이 서 있었지요. 이런 곳에 사는 것이 처음이다 보니 어떻게 하면 좋을지 생각을 해야 했습니다. 정원전문가에게 맡기면 돈에 맞는 정원이 나올 것이었지만 그렇게 하고 싶지는 않았습니다. 그런 일을 하는 데는 큰돈이 들어가는 것이라 사실 무리이기도 했고요.

그런데 막상 밀어놓고 보니 이걸 어찌하나 싶었습니다. 종이에 그림을 그리다 영 감이 잡히지 않았습니다. 막대기를 들고 나가 쭉 선을 그었습니다. 이쪽을 경계로 한쪽은 밭, 한쪽은 정원. 한쪽을 밭이라고 한 이유는 고라니망을 치기 위해서였습니다. 첫 해에 마당 한가운데 고구마와 상추등을 심어 놓았는데 조금 자라 흐뭇할 무렵 고라니들이 몽땅 따 먹고 갔거든요. 심지어 맷돼지도 다녀간 흔적이 있었으므로 망은 절대적으로 필요했습니다. 그리고 한쪽에는 매화나무 여덟 그루를 심었습니다.

이듬해 봄, 밭에는 상추등 쌈채소와 고추, 가지, 오이, 참외 등을 조금씩 심었습니다. 그리고 정원밭 주변으로는 영산홍을 심어 오솔길과 주차장 경계를 만들었습니다. 문제는 그 안에 무엇을 심는가였습니다. 바질을 심겠다 맘먹었는데 사실 바질은 몇 포기만 있으면 됐습니다.

제겐 너무 넓은 이 밭을 어찌하나 생각하다 다시 땅에 금을 굿고 둔덕을 그었습니다. 이만큼 보리를 심자. 그래서 한 해는 보리밭이 장관이었습니다.

그런데 보리가 지고 나니 빈 밭이 아까웠습니다. 다시 이만 큼 도라지, 이만큼 백일홍을 심어야겠어. 그러다 한쪽에 아이 리스를, 한쪽에 금낭화를, 파를, 아욱 등을 차례로 조금씩 심게 됐습니다. 보리가 진 자리에는 들깨를 심어 꽃보다 아름다운 들깨를 보았지요. 미셀 투르니에는 『뒷모습』이라는 책에서 채 소밭 예찬을 했습니다. 물론 책에서 말한 난간과 조각상이 있 는 화려한 정원 한쪽의 채소밭과는 다르지만, 제게는 그 밭 못 지않은 화려한 밭이 되었습니다.

정원은 시간이 만듭니다. 봄부터 가을까지 나름 피고 지면 서 소박하지만 화려했던 정원은 겨울이 되면 텅 빈 상태가 됩 니다. 그러나 마른 꽃잎을 달고 있는 목수국은 겨울 정원을 화 려하게 했습니다. 남천도 붉은 잎과 열매를 떨어뜨리지 않고 겨울을 지내더군요.

지난해 심은 도라지는 잎과 줄기가 마른 채 그대로 겨울을 났습니다. 큰 나무도 잎들을 모두 떨어뜨리는데 저 가냘픈 도 라지는 어쩌자고 잎을 떨구지 않을까 겨우내 생각했습니다. 훌쩍 웃자란 아욱도 씨앗을 잔뜩 매단 채 고고하게 겨울을 났습니다.

비었다 생각했는데 충만한 겨울 정원. 빈 가지를 훤히 드러내보이는 것들은 그것들대로 꽉 찬 속이 보이고, 보이지 않는 것들은 땅속에서 겨울을 나고 있는 모습이 그려졌습니다. 한가한 시골책방에서 제가 꼼지락대듯 그것들도 꼼지락댈 것을 생각하면 아주 즐겁습니다. 이쯤에서 수선화가 올라오겠군, 금낭화가 올라오겠군. 맨 땅에서 움츠리고 있다 터뜨릴 봄이 보입니다. 겨우내 푸르렀던 꽃잔디를 한번 쓰다듬어 봅니다. 그러니 빈 겨울 정원이 가득 차 보이는 것이었습니다. 한겨울에도 겨울 정원을 어슬렁거리는 이유입니다.

지금은 라일락과 영산홍, 목련, 매화 같은 것들이 꽃눈을 틔웠습니다. 이제 곧 꽃을 터뜨리겠지요. 뿐만 아니라, 수선화가 빼꼼히 고개를 내밀었습니다. 지난해 수선화 구근을 캐서 다른 곳으로 옮겨 심었는데, 옮겨 심은 것은 나지 않고 미처 캐지 못한 것이 먼저 올라왔습니다.

봄으로 가는 시골책방의 작은 정원을 살펴보느라 눈이 바쁩니다. 자세히 보지 않으면 보이지 않는 것들은 가까이 가 안경을 벗고 들여다봅니다. 모두 겨울 정원에서 봄 정원으로 나아가는 것들입니다. 서성대는 제게 이젠 봄으로 나아가라고 부추깁니다.

이제 봄이 옵니다. 정원밭에서 봄을 누려야겠습니다. 달래도 좀 캐서 무치고, 냉이도 좀 캐서 국을 끓여야겠습니다. 봄을 먹고 좀 누려야겠습니다.

시골책방의 봄을 보내드립니다. 햇살 한 줌, 봄바람 한 줄기를 동봉합니다. 봄을 누리시길 바랍니다.

2.

두릅 한 줌,
사소한 것들로
행복을 누려요

코로나 세상에서도 이곳 마당에는 수선화가 올라오고, 냉이도 땅을 뚫고 올라오는 중입니다. 라일락이며 동백나무 눈도 한껏 부풀어 오르는 중이고요. 이렇게 봄은 오고 있는데, 안녕하신지요.

서울에서 오신 분이 왠지 이곳은 안전할 것 같다고 했습니다. 요즘 같은 때 안전한 곳이 어디 있을까 싶지만, 그래도 이곳은 사람들의 드나듦이 그나마 덜하므로 그런 말씀을 하지 않으셨나 생각됩니다.

강상중 선생의 『만년의 집』이 생각났습니다. 도시를 떠난 선생의 삶이 그대로 그려지고 있는 글을 읽으면서 참 많이 공감할 수 있었던 것은 저 역시 도시를 떠나왔기 때문이었겠지요. 물론 떠나지 않은 사람들도 선생의 '고원'에서의 생활은 공감할 수 있는데, 그것은 우리 모두 흙으로 돌아가는 생이라 그렇지 않을까 싶습니다.

선생이 사는 곳은 도쿄에서 신칸센을 타고 1시간 정도 걸리는 가루이자와 역이라는 곳에서 내려 다시 3킬로미터 정도를 더 들어가야 하는 곳이라는데요, 아무래도 강의나 방송 등의 일을 하시는 선생으로서는 도쿄를 나갈 일이 많겠지요. 선생은 '그만큼 희생하더라도 우리는 완벽하게 조용한 시간을 보낼 수 있다. 이 시간은 사소한 것들이 만들어내는 고독한 행복을 즐기는 시간'이라고 말합니다.

'사소한 것들이 만들어내는 고독한 행복'은 어쩌면 나이 들어서 가능하지 않나 생각합니다. 그 '고독한 행복'은 지금의 제게는 쭈그리고 앉아 오늘은 마당에 뭐가 올라왔나 한참 동안 눈을 크게 뜨고 살펴본다거나, 봄이면 하루가 다르게 색이 변하는 숲을 본다거나, 두릅을 따는 일 같은 것들입니다. 그런데 돌이켜 저의 젊은 시절을 생각하면 선생이 말하는 그 '고독한 행복'은 도저히 상상되지 않습니다. 그 시절은 이런 것들이 정말이지 '사소'해 보였거든요.

"야, 두릅 좀 먹어봐라. 봄이 들어왔다."

"이 쌉쌀한 머위 잎 좀 먹어봐라. 입맛 없을 때 이렇게 강된장에 쌈 싸 먹으면 최고지."

친정엄마의 밥상이 그 시절엔 참 초라해 보였습니다. 어린 저는 불고기까지는 아니더라도 돼지고기볶음, 아니 돼지고기 넣은 김치찌개라도 먹고 싶었거든요. 밥맛이 없을 틈이 없는 어린 제게 엄마의 말이 귀에 들어올 리 없었습니다.

중학교 1학년 때, 친구네 집에 가서 식탁 위에 사과가 있는 걸 보고 깜짝 놀랐습니다. 심지어 그 사과 옆에는 식빵도 있었지요. 그래서 물었습니다.

"이걸 누가 먹으면 어떡해?"

그러자 친구가 눈을 치켜뜨고 말했습니다.

"누가 먹는데?"

우리 6남매가 사는 집에는 먹을 것이 남아날 일이 없었습니다. 옛날에는 과일 상자가 큰 나무 상자였는데, 어떤 과일 상자도 그날로 끝이 났습니다. 물론 과일을 상자째 들여오는 일도 별로 없었고요.

음식이 남아날 일 없는 우리 집과 달리 전기밥솥에 밥까지 남아 있던 친구네 집에서 저는 그날 깻잎장아찌 캔과 쇠고기장조림 캔을 하나씩 따서 배불리 먹었고, 그날 이후 제 친구는 저를 '4인분'이라고 불렀습니다. 그 집 식구는 딱 4명이었는데, 제가 그날 식구들이 먹을 밥을 다 먹었다며 어른이 돼서까지

놀렸지요.

시골로 들어온 지금의 저는 봄이면 앞산에서 두릅과 오가피 등을 따고, 여름이면 깻잎을 따서 장아찌를 담급니다. 마트에 가서 단돈 1만 원이면 두릅으로 봄을 먹고, 깻잎 한 상자를 사서 곧바로 장아찌를 담글 수 있는 시대. 그런데도 그것들을 손으로 따면서 '사소한 행복'을 만끽합니다. 숲에서의, 밭에서의 그 시간은 고요하고 완벽한 나만의 시간입니다.

이렇게 시골로 떠나오지 않았다면 만나지 못할 것들이 참 많지요. 도시에서도 느끼는 사계절이 이곳에서는 더욱 특별함은 두말할 나위 없고, 시골책방 문을 열어서 새로운 사람을 만납니다. 문을 열지 않았다면 제가 이 편지를 쓰고 있지도 않았을 것이고요.

어젯밤에는 소설책을 밤늦게까지 읽었습니다. 권여선의 『아직 멀었다는 말』입니다. 소설을 읽으면 잠시 낯선 세상에 가서 좋습니다. 그뿐만 아니라 우리가 가진 '바닥'을 보여줘서 좋고요. 때로는 그것이 아프기도 하지만, 그 아픔을 통해 우리의 정신은 한 발짝이라도 나아갑니다.

책을 읽다 문득 권여선 작가를 비롯한 소설가와 시인들의 릴레이 북 콘서트를 열면 좋겠다 생각했습니다. 그러자 초대하고 싶은 소설가와 시인 들의 얼굴이 쭉 지나갔습니다. 그러다 강사 사례비는 어떻게 하지, 소설가를 만나러 얼마나 올까, 작가를 만나려면 작품을 읽고 와야 할 이야기가 많은데 등등 잡생각이 이어졌습니다. 그래서 머리를 뒤흔들고 다시 책 속으로 들어갔지요. 책방을 하다 보니 좋은 책을 읽으면 이런 작가와 독자들을 만나게 하고 싶다, 절로 생각이 들거든요.

사람들은 책방을 하는 제게 자주 묻습니다.

"책을 정말 좋아하시나 봐요."

문득 그런가, 싶을 때가 있습니다.

좋아하긴 하지요. 많은 책을 읽는 독서가에 비한다면 그리 많이 읽지 못하지만, 서점을 하면서 책을 맘껏 본다는 것은 분명 즐거운 일임에 틀림없습니다. 그렇게 따지면 책을 좋아하긴 하는 셈이지만, 왠지 '책을 좋아한다'라는 표현이 적절한가 싶습니다. 그것은 마치 텔레비전을 좋아하세요, 유튜브를 좋아하세요, 라는 말과 같지 않을까 싶거든요. 책은 우리가 세상을 만나는 한 매체일 뿐이니까요.

다만 책이란 것은 텔레비전이나 유튜브처럼 적나라하게 보여주는 것이 아니라 사유하게 하고, 글을 통해 상상하게 하는 것이 다르지요. 저는 전자책을 잘 읽지 못하는데 전자책 역시 그렇게 스쳐 지나가는 것이라고 생각하기 때문입니다. 인터넷에서 보는 수많은 정보가 우리 곁을 스쳐 지나가는 것처럼요.

책이란 물체를 통해 사유하게 하는 것. 킬킬대기도 하고, 울기도 하고, 때로는 멍하니 앉아 있게도 하고. 그래서 저는 책이 좋습니다. 역시 '책을 좋아한다'는 말이 맞는군요. 물론 어떤 책을 읽을 것인가는 서로 다른 선택이고요. 우리는 책을 통해 같은 취향을 갖게 될지도 모르겠습니다. 이미 '종이책'을 좋아한다는 같은 취향을 갖고 있긴 하지만요.

『날씨가 좋으면 찾아가겠어요』라는 드라마를 봤습니다. 무대가 책방이라서 보기 시작했는데, 꽤 낭만적으로 그려졌더군요. 하긴 젊은이들의 사랑 이야기니 그 낭만을 빼면 아무것도 안 되겠지만요. 그 드라마는 동명의 소설을 드라마화한 것인데요, 그중에서 가장 인상 깊었던 것은 독서 모임 시간이 되자 마을 사람들이 열 일 제치고 달려가는 모습이었어요. 책을 읽는다고 뭐가 나오는 것도 아닌데, 그 작은 책방에 모여 서로를 따뜻한 눈으로 바라보는 모습이 오래 마음에 남았습니다. 역시나 낭만적이지만, 부디 그런 모임들이 이곳저곳에 많이 생겼으면 하는 꿈을 꿨답니다. 소설 『건지 감자껍질파이 북클럽』처럼 그런 게 마을의 힘이 될 테니까요. 모쪼록 우리가 각각의 자리에서 그런 바닥이 되었으면 하는 바람입니다.

3.

그리움도 마음이
부드러울 때 생기지요

오늘 오랜만에 부득이 외출했습니다. 고속도로를 타고 시
내로 들어가는 동안 온통 봄이더군요. 개나리, 진달래, 벚꽃 천
지여서 깜짝 놀랐습니다. 시골책방은 이제야 수선화가 꽃을
피우고, 진달래, 개나리가 차례로 피기 시작했거든요. 이곳이
조금 춥긴 합니다만, 세상은 이렇게 먼저 환하게 피어나는구
나 싶어 조금 쓸쓸해지기도 했습니다.

안녕하시냐, 안부를 묻기가 참 그런 시간입니다. 그래도 계
신 곳에서 안녕하시리라 믿습니다. 일상을 잘 지내고 계시지
요?

저는 매일 책방 문을 열고, 청소하고, 화분에 물을 주고, 마
당의 풀을 뽑고, 화초를 옮기고 합니다. 그러면서 책도 읽고 글

을 쓰기도 합니다. 다만, 전보다 뉴스를 보는 시간이 더 많아졌습니다. 휴대전화에서 코로나19 관련 안전안내문자가 오면 저도 모르게 포털 뉴스를 들여다봅니다. 또 어떤 일이 일어나고 있나, 싶은 거지요. 밤에는 뉴스를 안 봤는데, 요즘은 마지막 잠자리에서까지 뉴스를 한 번 검색합니다.

안녕하지 못한 세상을 생각하면 쉽게 잠이 오지 않습니다. 그러다 보니 아침에 눈을 뜨면 때때로 막막하기도 합니다. 그동안 발전과 속도 위주였던 세상이 앞으로 어떻게 펼쳐질지, 전 세계에 닥친 경제 위기는 어떻게 극복될지, 사람들의 생각은 앞으로 어떻게 변화될지,

코로나19사태가 일어나기 전, 저는 알람에 눈을 뜨면 그대로 일어나 스포츠센터로 향했습니다. 잠에서 깨는 시간이 조금 늦어진 요즘은 눈을 뜨고도 이 생각 저 생각으로 침대에서 뭉그적거립니다. 심지어, 요 며칠 동안은 눈을 뜨자마자 뉴스를 검색하기도 했습니다. 워낙 세상이 매우 급하게 돌아가니까요.

그러나 제가 할 수 있는 일은 아무것도 없습니다. 능력 밖의 일이지요. 어쩌다 책방에 손님이 오면 마스크를 했는지 확인하고, 손을 씻으라, 소독제를 사용해라 하는 정도입니다.

봄날, 저의 아침 일과는 마당 일입니다. 흙을 만지고 있는

동안은 이런저런 생각이 없습니다. 뽑을 풀을 생각하고, 이쪽에서 저쪽으로 옮겨 심을 화초를 생각합니다. 며칠 전에는 지난겨울 때늦게 심어 제대로 싹이 나지 않은 보리를 갈아엎을까 하다 아까워서 한쪽으로 몰아 심었습니다. 그러면서 때가 얼마나 중요한지 깨달았습니다.

살아가면서 애써서 한 일이 때가 안 맞아 잘못되는 경우가 있지요. 그러니 자연스럽게 사는 일이 참 어렵구나 싶습니다. 자연을 알아야 하는데, 도시화 된 지금의 삶에서는 그 자연의 때를 알기가 쉽지 않습니다. 그러니 머리로만, 이론으로만 때를 맞추려 들지요.

마당 한가운데 서서 뭘 심을까 한참 생각하기도 합니다. 그런데 쉽게 결정을 하지 못합니다. 마당 일부는 용도가 밭으로 되어 있어 농작물을 심어야 하는데, 문제는 고라니가 먹는 것을 심어서는 안 된다는 것입니다.

처음 마당 한가운데 고구마를 심어 놓고 열심히 물을 주면서 자라는 모습을 보고 흐뭇해했는데, 그대로 고라니 밥이 되고 말았습니다. 한가운데 망을 치면 마당 모양새가 안 좋을 것 같아 고라니가 안 먹는 게 뭐가 있을까 찾아보는 중입니다. 그렇다고 고추나 깨를 심자니 나중에 그것을 수확할 일도 큰일이다 싶어 겁을 냅니다. 그냥 먹을 것 조금 심는 것과 '농사'를 짓는 것과는 다르니까요.

그러다 어제는 한쪽에 금을 긋고 아이리스를 옮겨 심었습니다. 마음 같아서는 다 화초를 심고 싶은데, 그건 안 되니 화초 같은 농작물은 무엇이 있을까 또 생각합니다. 그러다 아이고 한없네, 이제 들어가 안에서 일하자, 하고 들어옵니다. 하지만 안에서 급한 일을 해치우고 나면 또다시 밖이 궁금해 어느새 호미 들고 밖을 어슬렁댑니다.

이렇게 하루치를 살아냅니다. 지금의 내게 주어진 일을 해내면서 하루치를 살아내는 것이지요. 누가 이렇게 하라, 저렇게 하라 하는 일이 없지만 이렇게 해야 할 일이 있고, 저렇게 해야 할 일이 있는 하루. 그렇게 하루를 살지 않으면 안 되는 것이 있는 하루가 그래서 소중하다 싶습니다.

얼마를 더 살지 알 수 없지만, 그리고 아직은 깊은 노년에 접어든 것도 아니고 병든 것도 아니니 살아갈 날이 많다고 생각하지만, 사실 전 자주 죽음을 생각합니다. 죽음을 생각한다고 해서 암울한 것은 아닙니다. 아주 사소한 것들에서 시작되는데, 예를 들면 집에 물건을 하나 들여놓고 저건 나중에 어떻게 하나 생각하는 것입니다.

며칠 전 서재로 쓰던 방을 정리했습니다. 책상과 의자만 있고 이렇다 할 물건이 없다 생각했는데, 쓸데없는 물건들을 꽤 많이 발견했습니다. 이곳으로 이사 올 때 버리자고 했던 것들이 대부분이었습니다. 다시 보거나 사용할 일이 없지 싶은데 제가 버리자고 하면 남편이 못 버리고, 남편이 버리자고 하면 제가 못 버려 하는 수 없이 창고로 들어갔습니다.

이미 뭔가 가득 차 있던 창고에 그것들이 들어가니 다시 창고에 있는 것들은 다른 창고로 옮겨야 했습니다. 더 나이 들면 다 정리해야지, 말했습니다. 그러다 문득 나 혼자 남으면 남편이, 남편이 가면 내가 정리해야 하는구나 싶어졌습니다. 그 전에 함께 정리하고 단출하게 살다 갔으면 좋겠다 싶은데…… . 누구나 그렇겠지만 자식에게 짐을 남겨 두고 싶지는 않거든요.

죽음이 당장 제 눈앞에 놓이지 않았어도 어느 순간 죽음에 이르렀을 때 저는 무슨 생각을 할 수 있을까. 좋은 날들을 생각하면 미소가 지어질 것이고, 나쁜 날들을 생각하면 눈물이 나겠지요. 사는 동안 좋은 날들이 그래서 많았으면 참 좋겠습니다.

마음이 부드러울 때 좋은 사람과 만나고, 좋은 책과 만나고, 좋은 풍경을 만나 좋은 하루를 만날 수 있습니다. 그리움도 마음이 부드러울 때 비로소 생기니까요.

좋은 날을 많이 갖고 살자. 오늘의 좋은 기억으로 내일을 살

자. 그러니 오늘 아픈 것은 마음에 담아 두지 말자. 그리고 기도하자. 그것이 어떤 신이든. 그리고 부디 모두 아프지 않기를 기도하자. 오늘 저녁에도 거칠어진 손을 비비면서 생각했습니다.

4.

혼자도 즐거운 생활,
꽤 괜찮아요

오늘은 날이 맑고 햇살이 좋은 날이었습니다. 저녁이 되어 모닥불을 피워놓고 앉았습니다. 바람은 너무나 선선하고 좋아 불놀이하기에 좋은 날입니다. 요즘 말로 '불멍'이라는 말, 불 앞에서 넋 놓는다는 말인데 정말 불 앞에서는 한없이 앉아 있게 되지요. 어쩌다 남편과 모닥불을 피워놓고 앉아 있다 밤이 늦어 깜짝 놀라 들어가곤 한답니다.

어쩌다 보니 번잡한 하루를 지냅니다. 아시겠지만, 시골책방에 손님이 많은 것도 아닌데 왜 바쁠까, 저도 때로는 궁금합니다. 하루 종일 종종대다 보면 밤이 됩니다. 시골 생활이란 온통 일투성이입니다만, 해가 길어지면서 일하는 시간은 더 길어졌습니다. 겨울에는 밤에 책 읽기가 좋았는데……. 책을 읽지 못하는 날들이 많아지면서 뒤에서는 계속 누군가 밀고 있는 듯한 느낌이 들기도 합니다.

그런 바쁜 시간 속에도 멍하니 앉아 있는 시간은 있습니다. 어쩌면 그렇게 멍하게 앉아 있느라 바쁜 것도 있겠지요. 그렇게 멍하니 있다 일을 합니다. 멍하니 있는 순간은 그 일을 하기 위한 일종의 준비 같은 것이지요.

'마치 강물에 낚싯줄을 드리우고 입질이 오기를 한없이 기다리는 강태공처럼, 나는 혼자 있기도 바쁘다.'(209p『호두나무 작업실』소윤경 지음, 사계절 펴냄)

일하기 위해서는 혼자 있는 시간이 필요합니다. 특히나 글을 쓰거나 그림을 그리는 등의 일을 할 때는 더욱 그렇지요.

한때 저는 읽고 쓰기만 하는 삶을 꿈꿨습니다. 젊은 시절, 책을 읽어대는 제게 한 선생님이 말씀하셨습니다. 이젠 그만 읽고 쓰라고. 그 쓰는 것은 저의 직업이었던 잡문 쓰기가 아닌, 문학을 하라는 것이었지요. 어쩌다 그 세월이 다 갔어요. 간신히 시집 한 권 내놓고 말입니다.

『호두나무 작업실』을 쓴 작가 소윤경의 '혼자 있기도 바쁘다'라는 말에 공감합니다. 혼자 있어도 심심할 새가 없는 날들.

그래도 사람이 궁금하여, 혹은 일 때문에 그녀는 서울로 가끔 외출합니다. 저는 책방으로 사람들이 찾아오지요. 마음이 맞는 이가 오거나, 혹은 한 시절을 같이 보낸 이들이 찾아오면 시간 가는 줄 모르고 이야기합니다.

최근 제가 이곳에서 만난 사람들과 나누는 이야기가 서울 인사동쯤에서, 혹은 광화문쯤에서 만나 수다를 떨던 이야기와는 사뭇 다르다는 것을 깨달았습니다. 그때는 어떻게 지내는가, 여행은 어딜 다녀왔는가, 요즘 누구누구는 어떻게 지낸다더라, 요즘 어떤 곳이 좋다더라 등등을 이야기하다 영화, 드라마, 그러다 아파트 시세 등을 이야기하고, 더 나이 들기 전에 뭔가를 해야 할 텐데 등등의 이야기들을 오래 하고 헤어졌습니다. 만나서 반갑고, 좋지요. 그런데 누굴 만나도 비슷한 이야기들이었습니다.

이곳에서 그들과 만나면 조금은 다른 이야기가 오갑니다. 뿐만 아니라 낯선 이와의 이야기도 다른 이야기입니다. 무엇보다 그 이야기의 중심에는 '책'이 있습니다. 그리고 주변으로 자연과 시골살이 이야기들을 합니다. 누가 어떻다더라, 하는 이야기는 거의 하지 않습니다. 누구네 아이가, 누구네 남편이, 누구네 부모가 하는 '누구네' 이야기를 하지 않습니다. 뿐만 아니라 아파트 시세도 이야기하지 않습니다. 그것들이야말로 가장 말하기 좋은 소재 거리인데, 그 이야기를 하지 않는다는 걸 깨닫는 순간 '참 좋다' 싶었습니다. 그러니 이곳에서 만나는 사람들의 이야기가 반짝반짝하고, 그들이 돌아간 후에도 여운이 길게 남을 수밖에 없지요.

『호두나무 작업실』을 읽으며 저는 참 좋았습니다. 저 역시 시골살이를 하고 있으니 두말할 것 없이 공감하며 읽었는데, 만약 도시에 살고 있었으면 빨리 시골에 가서 살고 싶어 안달하면서 읽었을 책입니다.

'언제까지 이 정원의 변화무쌍한 사계의 풍경들을 즐기며 평온한 일상을 보낼 수 있을까? 아프지 않고 걱정 근심 없는 날들이 앞으로 얼마나 남아 있을까. 누군가에게는 지나갔고 내게는 오지 않은 일들 말이다.'(215p)

사는 일이 그렇지요. 지금 내게 오지 않은 일들, 혹은 내게 지나간 일들이 있게 마련이지요. 어쩌면 누군가는 지금 겪고 있을 일이기도 하고요. 그런 날들을 위해 지금의 평온한 날들을, 지금의 날씨를 맘껏 누립니다. 지나간 것은 지나간 것대로 생각하고, 오지 않을 일들은 그때 생각하자, 하면서 말입니다. 지금 아픈 이들이 가까이 있다면 그냥 그의 이야기를 들어주기만 하면서 말입니다. 공연히 이렇게 저렇게, 조언하는 것은 아픔을 다독여 주는 게 아니므로.

관계에 얽매이기보다는 혼자 있는 시간을 갖는 것, 그 혼자 있는 시간을 바쁘게 보내는 것, 그러면서 자연과 만나는 시간을 갖는 것. 지금을 조금은 지혜롭게 보내는 방법이 아닐까 생각합니다. 좋은 시절을 보내시길 바랍니다.

5.

계신 곳에서
봄을 누리시길 바랍니다

안녕하세요, 봄입니다.

오늘 아침에는 봄볕을 받으며 쪽파를 뽑았습니다. 겨우내 땅속에 있다 움튼 쪽파가 어찌나 실한지 자꾸 미소가 지어졌습니다. 냉이도 조금 캤습니다. 냉이는 사실 조금 때를 지나 이제 꽃이 피기 시작했습니다. 나무 그늘 밑에서 아직 여린 것으로 골라 캤지요.

쪽파를 다듬어 씻고, 냉이도 씻고 나니 아침 시간이 훌쩍 지났습니다. 이런 일들은 꽤 시간이 들어갑니다. 마트에서 쪽파 한 단을 집어 들고, 냉이 한 팩을 집어 드는 것과는 비교할 수가 없습니다. 시간이 절대적으로 필요합니다.

시골로 들어와 살면서 저는 이렇게 살고 싶었습니다. 느린 걸음으로 천천히. 그런데 어쩌다 보면 때를 놓치고 맙니다. 냉이 때를 놓친 것처럼 말입니다. 때를 놓치는 데는 두 가지 이유가 있습니다. 냉이가 나오는 때를 모르고 지나는 경우와, 알고도 시간이 없어서 지나는 경우입니다. 시골에 살아보지 않았으니 때를 모르고 지나는 것은 어쩔 수 없는 일입니다. 그런데 냉이가 빤히 보이는데도 캘 수 없는 때가 있습니다. 책상에 앉아 컴퓨터에 코 박고 앉아 있느라 말이지요.

책방 일이라는 게 은근히 일이 많습니다. 책방이니 책을 주문하고 파는 일이 주된 업무지만, 하루종일 손님 하나 없는 때가 허다하므로 그건 사실 업무 중 극히 일부분입니다. 그럼 뭐가 바쁠까. 이런저런 행사를 치르기 위한 전후 준비도 있지만 그것도 자주 있는 일도 아니고, 공모사업 지원하느라 바쁜 것도 한때. 읽어야 할 책은 책상 한쪽에서 계속 보채고.

사실은 이런저런 공모사업 준비로 한동안 정신없었습니다. 책방을 하면서 책방을 대상으로 한 공모사업이 있다는 것을 알고 지원, 운 좋게 몇 번 됐었습니다. 덕분에 이런저런 행사를 맘껏 치를 수 있었지요. 그런데 공모사업이란 것은 그야말로 공모 지원을 해서 선정이 되어야 하는 것입니다. 따라서 각 단체의 공모 뜻에 적절한, 반짝이는 아이디어가 필요합니다. 더불어 지원할 때는 이런저런 서류작업이 꽤 많습니다. 밤늦도록 책상에 코 박고 있을 수밖에 없습니다.

항상 그렇지만, 공모 지원을 할 때 꿈을 꿉니다. 이번에도 그랬지요. 용인에 있는 책방들을 한데 모아보고도 싶었고, 동네 주민들이 각각 자기 마을을 취재하는 일도 진행해보고 싶었고, 여럿 좋은 작가들을 초대하고 싶었고 등등.

그런데 안 됐습니다. 특히나 이번에는 나름 꼭 해보고 싶었던 것들이 있어서 조금 실망스러웠습니다. 진이 빠진다는 표현이 적절하겠지요. 제가 무슨 시험을 치르는 것도 아닌데 은근 누구에게 평가받는 것 같아 기분도 좋지 않았습니다. 그러느라 냉이도 못 캐고, 달래도 못 캤는데.

며칠 후 명이나물을 뜯어 장아찌를 담그고, 지난해 가을 말린 시래기를 삶다 문득 깨달았습니다. 내가 또 달리고 있었구나! 시골로 들어온 내 생활이 무색해지는 순간이었습니다. 어느 때보다 시골에서 누려야 할 계절이 이 봄입니다. 이 봄을 누리지 못하고 있었구나 생각하니 스스로 더 민망했습니다.

성격이 조금 급하고, 일을 보면 참지 못하고, 그러면서 생각보다 몸이 먼저 움직이고. 그래서 젊은 시절에는 좀 달렸습니다. 나름 빠른 길로 가려다 넘어지기도 했습니다. 발목도 삐곤 했지요. 다 그렇게 산다고 생각했습니다. 어느 날, 천천히 걷겠다며 제주올레길이며 지리산둘레길이며를 찾아다녔습니다.

그런데 그것 역시 또 다른 달리기였습니다.

얼마 전 독서모임에서 책을 빨리 읽는 게 좋은가, 천천히 읽는 게 좋은가 하는 이야기가 나왔습니다. 무조건 권 수를 채우는 것이 좋은가, 아니면 한 권을 읽어도 제대로 읽는 것이 좋은가 하는 이야기도 나왔습니다. 무슨 정답이 있는 것이 아니지요.

그날 저희가 읽고 이야기를 나눈 책은 함민복 시인의 『섬이 쓰고 바다가 그려주다』라는 산문집이었습니다. 누구는 이 책을 2시간 만에 읽었다고 하고, 누구는 이 책을 빨리 읽을 수 없어 일주일 내내 읽었다고 합니다. 다 맞는 말이죠. 2시간 만에 읽은 사람은 단순히 책 내용을 파악했을 것이고, 일주일 내내 읽은 사람은 시인의 언어를 따라갔을 것입니다. 시인이 말하는 한 문장을 따라가다 만나는 세계는 온전히 읽는 사람의 몫이지요.

빨리 읽어야 할 책이 있고, 천천히 읽어야 할 책이 있습니다. 같은 소설책이라고 해도 어떤 것은 이야기를 따라가느라 정신없이 빨려들어가 단숨에 읽을 수도 있지만, 어떤 것은 천천히 문장을 음미하면서 읽어야 하는 것도 있습니다. 따라서 권 수를 채우는 것이 의미가 없는 것이지요. 책은 평생을 두고 읽어야 하는 것입니다. 그것이 천천히 몸에 스며야지요.

봄을 누리는 일은 꽃구경도 있고, 산책하는 것도 있고, 봄나

물을 먹는 것도 있고 여러 가지입니다. 도시를 떠나 비로소 저는 봄을 누린다는 것이 어떤 것인지 깨달았습니다. 그런데 이 봄을 누리기 위해서는 천천히, 아주 천천히 시간을 흘려보내야 한다는 것입니다. 그리고 온전히 혼자의 시간 속에 놓여야 한다는 것이지요.

냉이와 민들레를 캐는 동안, 소리라고는 바람소리밖에 없습니다. 가끔 새들이 지저귀고 개가 짖기도 하지요. 햇살을 등에 맞으며 쪼그리고 앉아 있다 일어서면 온몸이 뻐근합니다. 허리를 쭉 펴면 햇살을 받은 몸이 아주 개운합니다. 그것들을 다듬고 데쳐서 된장을 넣고 조물조물 무치면 딱 한 접시입니다. 젓가락질 몇 번이면 봄은 끝납니다. 수고에 비하면 너무 쉽게 끝나지요.

그런데 이제는 이렇게 해야 봄을 제대로 누리는 것 같습니다. 시골에 사니까요. 그리고 그것은 마치 천천히 읽는 책과 같습니다. 참 심심한 생활입니다.

심심해야 바람소리가 들리고, 햇빛이 내 몸에 닿는 것도 느낍니다. 책이나 음악도 이럴 때는 의미가 없지요.

봄입니다. 부디 계신 곳에서 봄을 누리시길 바랍니다.

6.

아픈 몸과
아픈 마음들을 지납니다

밤새 비바람이 거셌습니다.

비는 어제 오후부터 내리기 시작했지요.

저녁을 먹고 나서 남편이 문득 말했습니다.

"비가 그쳤나 보네, 많이 온다더니."

저는 깜짝 놀라 웃음을 터뜨렸습니다.

"아니, 지금 밖에 비 많이 오잖아."

비가 오는 창밖을 보면서 비가 안 온다는 말을 하다니, 순간 너무 어이가 없었습니다. 물론 창문을 닫으면 소리가 잘 들리지 않습니다. 텔레비전을 틀어 놓았으므로 빗소리가 안 들릴 수도 있었고요. 창밖을 본다고 하지만 멀리 앉아서 창밖을 보면 또 안 보일 수도 있고요. 그러다 갑자기 언젠가 정말 이런 순간이 오지 않을까, 하는 생각이 들었습니다.

나이 들거나 병들어 거동이 불편해질 수도 있고, 귀가 들리지 않을 수도 있고, 잘 보지 못할 수도 있고, 제대로 인지를 못할 수도 있고. 그것은 그뿐만 아니라, 저에게도 다른 누구에게도 있을 수 있는 일이라 순간 웃음기가 쏙 가셨습니다.

하루를 살고, 한 달을 살고, 일 년을 살고. 그래서 일생을 살아갑니다. 일생은 결국 오늘의 연속이지요. 혼자 살아가는 사람도 있고, 누군가를 만나 가정을 이루어 함께하기도 하고, 그러다 더러는 또 혼자가 되기도 합니다.

이것이 좋다, 저것이 좋다고 말하지만, 사실은 저마다 처한 상황이 다르므로 좋다, 나쁘다 말할 수가 없지요. 함께인 사람은 혼자가 좋아 보일 수 있고, 혼자인 사람은 누군가 함께 있는 것이 좋아 보일 수도 있으니까요. 저마다의 모습대로 살아가는 것이지요.

『새벽 세 시의 몸들에게』란 책을 갖고 독서 모임을 했었습니다. 나이 듦과 아픈 사람, 그 주변 이야기들이었지요. 주변에 나이 든 사람, 아픈 사람이 없을 리 만무하고 또 본인이 아픈 경우도 있으니 얼마나 할 말이 많을까 싶었는데 역시나 말들이 많았습니다. 이야기는 어떻게 나이 들 것인가, 어떻게 함께할 것인가, 어떻게 존엄하게 죽을 것인가 등으로 이어졌습니다. 책을 읽는 행위는 그런 순간들을 어떻게 준비하고 맞을 것인가 생각하게 하기 때문입니다.

우리 책방에는 나이 듦, 죽음 등의 책이 항상 여러 권 있습니다. 책방 문을 처음 열었을 때부터 이런 책을 갖다 놓았습니다. 어떻게 나이 들 것인가, 어떻게 죽을 것인가. 그것은 결국 오늘을 어떻게 살 것인가와 같습니다. 더러는 읽기도 하고 더러는 읽지 못했지만 매일 저는 그 책들의 '제목이라도' 봅니다. 어쩌면 매일 그것들을 생각하는 일일 수도 있고요. 누군가는 어둡다고 생각할 수도 있겠지만, 죽음 없는 삶이 없으니 그것만큼 매일을 살아가는 데 힘이 되는 것이 있을까 생각합니다.

아픈 몸을 살고 나면 아픔 이전의 삶으로 돌아가지 못합니다. 함께 독서 모임을 하는 분 중 큰 병을 두 번 앓은 분이 말씀하셨습니다.

"죽음과 삶을 경계에서 바라보는 삶을 살 수밖에 없다."

그분은 그러나 아픈 몸 이후의 삶이 훨씬 좋다고 하셨습니다. 그리고 앞으로 살아가는 날은 점점 더 좋을 것이라고 말씀하셨습니다.

아픈 몸을 살지 않을 수만 있다면 좋겠지만, 살면서 그럴 수는 없는 일이지요. 그래서 아이들은 앓고 난 후 큰다는 말을 하는지 모르겠습니다.

무엇인가를 경험하는 것, 그것은 경험 이전과 이후로 나뉘겠지요. 얼마 전부터 본격적으로 책을 읽기 시작했다는 한 분은 이렇게 말씀하셨습니다. 이제 나의 인생은 책을 읽기 전과 읽기 후로 나누어진다고.

책 읽기 역시 경험입니다. 아픈 몸을 지나는 것처럼 아픈 마음을 지납니다. 마음 역시·아프기 전과 아픈 후가 달라집니다. 책 읽기는 그 아픈 마음을 지나는 데 가장 좋은 치료 약 중 하나라고 생각합니다. 물론 책 읽기가 쉽지 않은 마음일 때도 있지요.

저는 한 시절, 걷고 또 걸었습니다. 발가락의 물집을 빼내고 다시 운동화 끈을 매고 걸었습니다. 하루 종일 며칠씩 걸었습니다. 스쿼시 공을 수없이 때리면서 땀을 비 오듯 쏟아내기도 했지요. 그런 순간들을 지나면서 마음을 버리지 않았나 싶습니다. 마음이라, 그 버린 마음들이 다시 들어오기도 했지만 그럴 때마다 또 책 속으로, 음악 속으로 들어갔습니다. 그러면서 하루를 살았습니다. 내내 좋은 날들, 그래서 아름다운 날들을 만들어 가시길 바랍니다.

7.

저의 생활은
꽤 낭만적입니다만

우기입니다.

요 며칠 저는 생활은 역시 낭만이 아니구나, 생각했습니다. 시골에 살면서 다 좋다 하고 지냅니다만, 이번 비에 피해가 컸습니다. 가장 큰 피해는 벽이 소실되는 어처구니없는 상황이었습니다.

큰비가 내리던 며칠 전. 밤 9시 무렵 쿵 하는 소리가 났습니다. 밖인 듯한데 왠지 안 같은. 집안을 살폈으나 특별한 이상이 없었습니다. 밖은 컴컴하고 비가 쏟아지고 있었습니다. 다시 한 시간쯤 지난 후 더 큰 쿵 소리가 났습니다. 역시나 안은 특별한 이상이 없고, 밖도 여전히 비가 오고 있었습니다.

다음날, 1층 바닥에 황토 더미가 가득했습니다. 위를 보니

3층 한쪽 벽체가 사라졌습니다. 그보다 더 큰 문제는 반대편이었습니다. 더 높은 4층 벽이 사라졌고, 그것이 떨어지면서 우리 집은 물론 옆집 창고로 내려앉아 2차 피해를 낳았습니다.

남편은 일단 황토 더미들을 치웠습니다. 공사를 해야 하니 업체를 불러 이야기를 나누는데 건물이 높다 보니 공사비가 만만치 않았습니다. 문제는 장마가 끝나야 공사를 한다는 것이었습니다. 그런데 비는 계속 오고, 그러면서 물이 집안으로까지 들어오는 정말 어이없는 상태가 됐지요.

오늘은 산사태도 일어났습니다. 계곡 위쪽 산이 허물어지면서 큰 나무들도 쓰러졌습니다. 다행히 주변에 아무것도 없어 피해는 없었습니다만, 계곡물이 넘칠 우려가 있어 면사무소에 신고했더니 굴착기가 와서 흙과 나무들을 퍼냈습니다. 살면서 이런 일을 겪네요.

예전 같았으면 발을 동동 구르고, 한숨을 쉬었을 텐데 이상하리만치 평정심을 유지하고 있습니다. 아마도 좀 나이 들어서 그런 게 아닌가 싶습니다. 살아 보니 건강을 잃거나 크게 마음을 다치는 일 만큼 큰일은 없구나 싶습니다. 물론 큰돈이 들어가는 게 걱정이긴 하지만 제가 할 일은 없거든요. 오늘 아침에는 바닥에 흥건한 물을 걸레로 짜내면서도 내가 정말 나이들었나 하는 생각이 들었습니다. 예전 엄마가 묵묵히 일했던 것처럼 나도 그냥 내 일을 하고 있구나 생각했거든요.

　마음을 다치는 일. 마음을 다치면 참 오래 가지요. 최근 한 친구가 힘든 일을 겪고 있는데 제가 만약 그 일을 겪는다면, 생각해보니 그게 훨씬 더 힘든 일이구나 싶었습니다. 자신의 작품과 비슷한 소재, 비슷한 구성의 소설이 베스트셀러가 됐거든요. 그러나 딱히 표절이라고 소리치지도 못하는. 나이 들면 마음 다치는 일이 조금 덜할까 싶기도 하지만 사는 일은 그렇지 못해 어느 날 담이 무너지듯 그렇게 훅 치고 들어오는 일이 있지요. 청춘 시절처럼 붉으락푸르락하지 않더라도 그게 참 오래 갑니다. 다치는 일 없이 살아낼 수만 있다면 좋으련만, 그렇지 못하지요.

　서로 품위를 지키고 산다면 조금은 덜할 것입니다. 그런데 지금의 세상은 품위와는 너무나 동떨어진 시대를 살아가고 있지요. 특히 뉴스나 SNS에서 만나는 세상은 저잣거리에 나앉은 느낌이 들곤 합니다. 책방을 하면서 가끔 품위 없는 손님들을 맞닥뜨리기도 합니다. 그래도 책방이니 가끔입니다만, 마음에 슬쩍 금이 가지요.

　품위는 명품을 걸친다고 생기는 게 아닌데, 품위보다 명품 우선 시대에 살고 있는 건 아닐까 생각합니다. 품위는 누가 만들어주는 것이 아닌 스스로 만들어야 하는 것. 『무례한 시대를

품위 있게 건너는 법(악셀 하케 지음, 장윤경 옮김, 썸앤파커스 펴
냄)』이란 책에는 이런 말이 있습니다.

　'품위란 다른 이들과 기본적인 연대의식을 느끼는 것이며, 우
리 모두가 생을 공유하고 있음을 느끼는 것'.(208p)

　나를 돌보는 일이 결국 다른 이를 돌보는 일이고, 함께 살아
가는 사회를 만들어나가는 것이겠지요. 코로나19로 이제껏 우
리가 가보지 않은 세상을 갑작스럽게 만나고 있습니다. 뿐만
아니라 심각한 기후변화는 우리를 더욱 위협합니다.
　요즘 지내시는 게 어떠신지요.
　마음은 어떠신지요.
　생활이 낭만이 아니어도 저는 낭만적으로 살아가려고 합니
다. 담벼락이 허물어진 날에도, 빗물을 퍼내는 날에도 저는 일
상을 살았습니다. 아름다운 생활, 그것이 뭐 별거 있을까요. 밥
한 그릇이라도 예쁘게 담아 먹고, 좋은 음악으로 마음을 위로
하고, 책을 통해 새로운 세계를 만나고. 그러다 꽃도 보고, 나
무도 보고, 하늘도 보는 것. 흙을 꾹꾹 밟으며 살아가는 것. 그
러다 내 마음을 가만 들여다보는 것. 내 상처를 꺼내 다독이고,
다시 앞으로 나아가는 것.
　부디 아름다운 나날이 되시길 바랍니다.

8.

지속하는 것이
미니멀라이프,
밑줄을 그었지요

누구든 손을 부여잡고 반갑게 인사를 나누고 싶지만 그 누구도 만날 수 없고, 누군가 만나도 손을 부여잡을 수 없는 때.

저희 책방을 좋아하는 젊은 엄마가 다녀갔습니다. 저는 그녀가 자주 왔다 생각했는데, 코로나19가 터진 후 처음이라고 했습니다. 아직 아이들이 어려 계속 집에서 아이들을 돌보고 있다고 했습니다.

"세 살짜리 아들이 밤마다 실수해서 다시 기저귀를 찼어요. 여섯 살짜리 딸도 밤에 실수해서 기저귀를 했어요."

아직 어린아이들에게 코로나19 스트레스가 야뇨증으로 나타난 것이었습니다. 꽤 충격적이었습니다. 유치원에 가고, 친구들과 만나고 하는 일상이 무너진 아이. 코로나 우울은 그야말로 남녀노소를 가리지 않고 파고드는구나 싶었습니다.

"저는 아이들에게 괜찮다고, 다른 아이들도 그럴 수 있다고 말했어요. 아이들에게 네가 실수했다, 잘못했다는 말을 하지 않았어요. 아들은 난 아직 어리니까, 딸은 다른 사람에겐 절대 비밀이야, 라면서 기저귀를 차요."

그녀는 『히사이시 조의 음악일기』, 『집에서 논다는 거짓말』 등의 책을 사서 갔습니다. 지혜로운 엄마는 책을 읽으며 자신의 마음을 들여다보겠지요.

코로나19가 처음 터졌을 때는 남의 일처럼 느꼈습니다. 전 세계가 셧다운 상태가 되었을 때 두렵고 우울했지요. 될 수 있는 대로 뉴스를 보지 않으려고 했지만, 재난문자는 자주 울렸습니다.

그러다 긴 장마. 비 피해를 보고도 공사를 하지 못했지요. 근 한 달여를 비가 올 때마다 걱정해야 했고, 생활은 불편했습니다. 그러나 그것이 우울하거나, 화나거나, 괴롭지는 않았습니다. 비가 그치면 공사를 하면 되니까요.

드디어 비가 그치고 공사를 시작했는데, 중간중간 또 비가 오고, 태풍이 왔습니다. 공사 기간이 늘어나 지금도 공사 중입니다. 그런데 이 와중에 다시 코로나가 폭증했지요. 화가 났습니다. 독서 모임, 콘서트, 강연 등을 줄줄이 취소하거나 연기하면서 우울했습니다. 쉽지 않은 시간들.

집 주변을 산책했습니다. 틈나는 대로 책을 읽고 이런저런 글을 썼습니다. 음악을 집중해서 들었습니다. 공사는 가끔 비가 오고 태풍이 와서 멈췄지만, 사람들은 줄줄 흐르는 땀을 닦아내지도 않고 일을 했습니다. 전문가의 손길이 닿을 때마다 집은 꼴이 갖춰졌습니다. 그렇게 완성되는 모습을 보는 즐거움은 꽤 컸습니다. 이렇게 하자, 저렇게 하자 이야기를 나눴던 것들이 실제로 구현되는 것이니까요.

저는 뭔가를 만드는 일은 재미있다고 생각합니다. 오랫동안 책을 만들어왔지만, 책을 만드는 일은 여전히 흥분되고 즐거운 일입니다. (물론 판매를 생각하면 아주 머리 아픈 일이지만요.)

책 만드는 일. 디자이너가 꼴은 잡습니다만 전체를 디렉팅하는 것은 편집자입니다. 본문 서체, 행간은 물론 표지 디자인, 제목, 서체, 종이 재질 등을 '결정'하는 것은 편집자이기 때문입니다. 세상의 많은 책들은 수많은 편집자들의 결정을 통해 만들어집니다. 그러니 세상에 책이 많아도 다 다른 책이 나올 수밖에 없지요. 그래서 재미있는 일이고요. 일을 앞두고는 마음이 늘 설렙니다. 책은 많지만, 단 하나의 책을 만들어내는 일이니까요.

제가 만드는 책이 곧 나옵니다. 출판기념회를 해야 하는 책이라서 지금 출간 시기를 조금 늦추고 있는데, 꽤 재미있게 작업했습니다. 그리고 저희 책방에서 글쓰기 한 사람들과 작은 책을 만드는데 이 역시 생각만으로도 가슴이 두근댑니다. 글이 그리 많지 않으니 크기를 좀 작게 해야겠다, 종이는 어떤 것으로 해야겠다, 제목은 어떤 걸로 할까 등등을 생각하다 보면 절로 흥분됩니다.

이야기가 다른 곳으로 샜습니다. 제가 처음에 이 글을 쓰기 시작했을 때는 사실 마음이 우울했습니다. 별일 없으신지요, 라고 묻는 순간에는 그만 눈물이 핑 돌기까지 해서 한동안 가만있었습니다. 그런데, 제가 하는 일을 이야기하다 보니 흥이 나고 기분이 좋아졌습니다. 이렇게 책을 읽는 당신께 편지를 쓸 수 있다는 것도 얼마나 즐거운 일인지 모릅니다.

"매일 조금씩 같은 일을 하는 것, 또는 정기적인 사이클을 반복해 같은 일을 지속하는 것. 연주든 작곡이든 문장을 쓰는 것이든 지속하는 것, 그것이 최고다. 이것이야말로 미니멀라이프다."(211~212p)

어제 읽은 『히사이시 조의 음악일기(히사이시 조 지음, 박제이

옮김, 책세상 펴냄)』 구절입니다. 히사이시 조는 우리나라에도 꽤 많이 알려진 일본의 음악가입니다. 미야자키 하야오 감독의 음악을 거의 다 그가 했지요. <바람계곡의 나우시카>, <이웃집 토토로>, <센과 치히로의 행방불명>, <하울의 움직이는 성> 등등 제목만 들어도 벌써 음악과 장면들이 그려지는 작품들입니다.

그의 책을 읽다 위의 문장에 밑줄을 그었습니다. 음악가의 이야기입니다만, 매일을 살아가는 우리에게 꼭 맞는 이야기이다 싶었어요. 매일 꾸준히 지속적으로 하는 것. 그것이 삶을 앞으로 나아가게 하는 것이겠지요. 어제의 내가 오늘의 내가 아닌 것은 몸뿐만이 아니라 생각도 마찬가지입니다. 코로나19와 기후변화가 일상을 바꾸는 오늘을 사는 우리가 내일도 같게 살 수는 없겠지요.

마음을 들여다보면서 나를 돌아보고 주변을 바라보는 시간을 만들어야겠습니다.

9.

속이 텅 빈 날,
그냥 책을 읽었습니다

   아침저녁으로 제법 쌀쌀한 요즘, 그간 어떠셨는지요. 사는 일이 매일매일 평안한 삶일 수는 없는 데다 요즘 같은 때는 더더욱 그렇지만, 그래도 부디 평안하셨길 바랍니다.

   오늘 아침 햇살도 좋고, 바람도 너무 좋아 밖에서 한참 서성댔습니다. 마당 한쪽에는 배추와 무, 갓, 쪽파 들이 자라는 중인데, 그것들이 가을 햇살을 받아 얼마나 아름답게 반짝이는지 눈이 황홀했습니다. 배추는 모종을 심고, 다른 것들은 작은 씨앗을 심었는데 그것들이 땅에서 자라는 속도를 보면 정말 놀랍습니다. 봄에 키우는 상추나 오이, 가지 등에는 아침저녁으로 물을 줘야 하는데, 이것들은 물 한 번 주지 않아도 쑥쑥 자랍니다. 지난해 이어 두 번째 농사입니다.

이것을 심고 가꾸는 이는 제 남편입니다. 사실 고랑 파고, 풀 안 나오도록 멀칭하고, 모종 심고, 솎아 주고 하는 것이 다 일입니다. 남편은 새벽에 일어나면 해가 질 때까지 밖에서 일합니다. 남편 역시 농사 경험이 전혀 없지요. 그런데 이렇게 일을 하며 삽니다.

지난여름 폭우 때 파손된 집을 수리하는 일이 얼추 끝났습니다. 전문가들이 돌아간 후 모든 뒷정리는 사실 우리 일입니다. 특히나 남편 일이지요. 정리도 정리지만, 전기와 수도 등 일부는 다시 연결해야 하고, 데크도 놓아야 하는 등 일이 좀 많습니다. 그런데 이런 일들을 남편이 다 합니다. 시골살이를 하면서 멀티플레이어가 되었지요.

어제는 책방 앞쪽에 새로 생긴 공간에 불을 켜놓고 사진을 찍었습니다. 공사를 하면서 황토벽돌이 좀 남았는데, 그걸로 한쪽에 담을 쌓고 지붕을 얹어 야외 공간을 하나 만들었거든요. 거기까지는 전문가들이 했습니다. 이후, 앞 정원 다시 꾸미기, 데크 깔기, 레일등 설치하기 등은 남편이 했습니다. 저는 다 완성된 그곳에 약간의 장식만 했습니다. 테이블을 어떤 걸 놓을까, 조명은 뭘로 할까 등등.

어둑해질 무렵, 레일등과 스텐드등을 켜놓고 바라보니 환상적이었습니다. 물론 제 눈에 말이지요. 남편은 좋다, 라는 말을 거의 하지 않는 사람입니다. 입술을 씰룩거릴 뿐이지요. 어제도 한참 입술을 씰룩거렸습니다.

어쩌다 보니 남편 이야기가 길어졌습니다. 남편이 일을 좀 많이 한다는 것을 이야기하다 보니 그리 됐습니다. 사실 저희는 운 좋게 하고 싶은 일을 하면서 젊은 시절을 보냈습니다. 그런데도 조직 생활이었고, 사회생활이었습니다. 성취감도 컸지만, 그에 따른 스트레스도 컸죠.

생활에 스트레스가 없을 수는 없지만, 지금의 생활은 다른 것이라고 생각합니다. 건강한 스트레스라고나 할까요.

살아 있는 일이란 나이 드는 일이어서 어쩌다 남편을 보면 늙어가는 것을 느낍니다. 손을 맞잡을 일이 거의 없지만 어쩌다 손을 스치게 되면 거칠어진 것에 깜짝 놀랍니다. 이렇게 살아내는구나 싶지요.

사실 한 열흘간 몸과 마음이 바빴습니다. 바깥일도 많았고, 책방 일도 많았습니다. 공사 뒷마무리도 그렇지만, 정원 일도 좀 있고, 밭일도 좀 있었습니다. 거기에 책방에서는 이런저런 행사가 계속됐습니다. 심야 책방, 글쓰기 강의, 독서 모임, 역사 강의가 거의 매일 있었고, 거기에 몇 개의 회의들, 외부 책방 강연, 지인 방문 등이 이어졌습니다. 그러느라 정말 책을 읽지 못했습니다.

어젯밤에도 글쓰기 수업이 있었는데, 끝나고 정리하고 나니 밤 10시가 넘었습니다. 오늘 아침에는 밭을 서성대다 김치도 담글 겸 갓을 좀 솎았습니다. 책방에 내려와 출판 일을 좀 하는데, 갑자기 택배 상자가 도착했습니다. 도서정가제 관련 작은 책방들이 모여 만든 작은 카드 책자가 도착한 것이지요. 이걸 경기 남부에 있는 작은 책방들에 포장해서 보내야 하는데 원삼면에 있는 우체국으로 달려가 택배 상자를 사 왔습니다. 그리고 일일이 포장하고, 주소 쓰고……

그런데 순간 속이 텅, 하는 느낌이 들었습니다. 그래서 만사를 제쳐놓고 그냥 책을 읽었습니다. 한두 시간 남짓, 책을 읽는데 자꾸 눈물이 났습니다. 책 내용이 너무 좋은 탓이지요. 흐르는 눈물을 닦으며 책을 읽고 나니 좀 살 것 같았습니다. 머릿속이 맑아졌습니다.

책이 참 별거구나, 싶습니다. 좋은 책을 보면 더욱 그런 마음이 들지요. 오늘 아침 제가 읽은 책은 피에르 신부의 『단순한 기쁨』입니다. 이 책의 핵심은 사랑입니다. 파리누쉬 사니이의 소설 『목소리를 삼킨 아이』가 이야기하는 것도 사랑입니다. 진짜 사랑.

우리는 얼마나 많은 사랑을 듣고, 읽고, 말하는지 모릅니다. 그러나 이런 책들에서 말하는 진짜 사랑은 얼마나 될까요.

오늘 아침 자꾸 흐르는 눈물을 주체하지 못했던 이유는 저 자신에 대한 여러 가지 회한 때문이었을 것입니다. 살아가는 일은 순간을 살아내는 일인데, 그 순간마다 잘 해내기란 쉽지 않지요. 책을 읽는 순간들은 이런 순간들을 더 잡기 위한 것이 아닐까 생각해 봅니다.

10.

모닥불을 피워놓고
시 낭송을 했습니다

며칠 전, 아침 일찍 집을 나섰습니다. 밤새 떨어진 나뭇잎이 길에 가득했습니다. 차가 그 길을 밟는 것이 아까울 정도였습니다. 목적지로 가기 전, 근처 용담저수지를 들렀습니다. 아직 해가 떠오르기 전, 붉은 기운이 동쪽 하늘을 물들였습니다. 저수지에는 자욱한 물안개가 피어오르고 있었습니다. 함께 있던 아들이 말했습니다.

"다른 세상에 와 있는 것 같아요."

그날 밤, 모닥불을 피워놓고 시 낭송을 했습니다. 각자 좋아하는 시 한 편씩을 갖고 와서 시를 낭송하는 시간. 멀리 인천에서도 오고, 동탄에서도 오고, 수원에서도 왔습니다. 금요일 저녁, 차가 막혀서 두 시간 반이나 걸려서 온 이도 있었습니다.

두 아이를 데리고 온 젊은 엄마도 있었습니다.

쌀쌀한 밤기운. 저마다 든든하게 차려입고 자리에 앉았습니다. 시작하기 전 누군가 말했습니다.

"저는 시를 한 번도 읽어본 적이 없어요."

"목소리가 안 좋아서 시 낭송을 못 해요."

그런데 시를 읽었습니다. 이해인, 정호승, 김용택, 기형도, 심순덕 시인의 시도 읽고, 폴란드 시인 쉼보르스카의 시도 읽고, 제 시도 읽었습니다. 책방에서 시집을 팔아 보니 정말 시집이 팔리지 않습니다. 시를 읽고 사는 세상이 아닌데 싶은데 시를 읽는 사람들이 있어서 좋았습니다.

50이 넘은 남성은 혼자 와서 서정윤 시인의 '홀로서기'를 읽으며 말했습니다.

"30년 전 내가 좋아했던 시입니다. 지금 홀로서기가 필요한 때 다시 읽으려고 갖고 왔습니다."

30년 전의 감성으로 돌아가 읽고 싶었다는 시. 그런데 그 시가 지금 홀로 서야 하는 자신에게 꼭 맞는 시가 된 것입니다.

'가끔은 주목받는 생이고 싶다'. 오규원 시인의 시집 제목입니다. 사람들 속에 있어도, 가족들이 있어도 때때로 외롭습니다. 모두 다 잘 사는 것 같은데 나만 제대로 못 사는 것 같기도 하고, 누군가 만나 이야기를 하려고 전화번호를 뒤적여도 딱히 떠오르는 사람 하나 없기도 합니다. 누군가가 나를 한 번쯤 봐줬으면 합니다. 나도 가끔은 주목받는 생이고 싶기 때문입니다.

모닥불 앞에서 시 읽기는 그렇게 시작됐습니다. 학교를 떠난 후 '어른'이 되어 사회에서 살아가는 동안 누군가의 앞에서 시 낭송을 할 일은 거의 없습니다. 내가 시를 좋아한다고, 내가 이 시를 좋아한다고 말할 사람도 딱히 없습니다. 누군가의 아버지와 엄마, 직장에서의 직책 등은 실적, 성과, 교육, 투자, 성적, 실력, 아파트 시세 같은 아주 실용적인 이야기만 하게 합니다. 그런 사회에서 시라니요.

나의 목소리로, 누군가의 무엇이 아닌, 그냥 나. 그런 내가 시를 좋아하고, 시를 읽고 싶고. 그래서 그런 사람들끼리 모닥불을 사이에 두고 앉아 있는 것. 그러니 우리 모두 주인공이고, 주목받았습니다.

어쩌면 다른 사람의 시는 잘 안 들어올 수도 있었지요. 나만의 상념에 빠져서 말입니다. 그러다 누군가 심순덕 시인의 '엄마는 그래도 되는 줄 알았습니다'를 읽었습니다. 그가 떨리는 목소리로 읽다 어느 순간 더 읽지 못하고 멈추었을 때 우리 모두 함께 멈췄지요. 나의 엄마도 그래도 되는 줄 알았지만, 그러면 안 되는 것이었지요. 사람들은, 저는 마음이 그만 젖어서 목이 멨습니다. 시골의 밤하늘에는 둥근 달이 환하고, 모닥불은 활활 타오르고. 가을밤 찬 공기 속으로 나뭇잎이 바스락거리고, 가끔 개가 컹컹 짖고.

마지막으로 초등학교 2학년짜리 사내아이가 동요를 불렀습니다. 반주 없이 나오는 아이의 맑은 목소리는 그 밤과 너무나 잘 어울려 우리 마음으로 파고들었습니다. 너무나 좋아 한 곡을 더 청해서 들었습니다.

낯선 세계. 꿈속 같은 세계.

일상을 살아갑니다. 밥도 짓고, 빨래도 널고, 청소도 하고, 돈 계산도 하고, 아이 걱정도 하고, 남편과 말다툼을 하기도 하고, 이런저런 크고 작은 사건들을 해결하면서 살아갑니다.

물안개 피어오르는 저수지, 단풍 든 나무들, 햇빛에 반짝이는 억새 숲, 모닥불, 밤하늘, 달, 시…… 이런 것들은 사실 다 일상에 있는 것들입니다. 값비싸 내가 다다를 수 없는 것이 아닌, 마음만 먹으면 나의 일상으로 들여올 수 있는 것들. 심지어 값을 내지 않아도 되는 것들이지요. 그런데 이런 것들이 일상에는 빠져 있습니다. 그러니 이런 것들이 어쩌다 내게 들어오면 낯설고 꿈같은 것이지요.

꿈속에서 살 수 없지만, 꿈을 꾼 후에 돌아오면 일상을 살아내는 힘이 생깁니다. 조금은 숨통이 트여서 다시 살아낼 힘을 얻는 것. 이런 시간이 쌓여서 우리 인생을 만들어내겠지요.

『살아갈수록 인생이 꽃처럼 피어나네요』에서 나이 든 한 분이 이렇게 말했습니다.

"하루를 산다. 하루를 살아내면 또 하루가 시작됐고, 그렇게 일주일, 한 달, 일 년이 됐다. 지금도 하루를 살아간다. 그렇게 하루하루를 살아내는 것이 인생이다."

젊은 시절에는 생각했습니다. 인생이란 게 살다 보면 뭔가 한방이 있지 않을까. 매일매일 그저 그렇게 사는 것이 아닌, 뭔가 근사한 일이 생기지 않을까. 지지고 볶고 사는 내 부모 같은 삶이 아닌, 뭔가 멋진 삶.

어느새 부모 같은 삶을 살기 싫다고 했던 젊은 시절의 나를 지나 부모처럼 그렇고 그런 삶을 사는 나이가 되었습니다. 왜 엄마 아버지는 새벽같이 일어나는가 했던 제가 새벽같이 일어나고, 남편은 일터로 달려가는 대신 마당의 낙엽을 쓸고 있습니다. 일터가 최고인 줄 알고, 나가서 월급 받는 것이 무슨 큰 일이라도 하는 것처럼 나이 든 부모 앞에서 바쁜 척 거들먹거리며 살았던 시절. 된장찌개 하나 놓아도 집밥이 좋다는 부모, 옷이야 깨끗하면 된다며 새 옷을 장만하지 않던 부모. 뭐하러 쓸데없는 데 돈 쓰냐며 낡은 살림을 쓸고 닦아가며 쓰던 부모.

그렇게 보잘것없다고 생각했던 부모의 삶을 지금 살아갑니다.

『살아갈수록 인생이 꽃처럼 피어나네요』의 어른들을 만나면서 살아온 시절이 얼마나 부끄러웠는지, 이제는 이 땅에 계시지 않는 부모가 얼마나 그리웠는지 모릅니다.

오늘을 삽니다. 시골에 책방 하나 차려놓고 혼자 읽을 시를 누군가와 함께 읽습니다. 혼자 볼 책을 누군가와 함께 봅니다. 혼자 들을 수밖에 없던 음악을 같이 듣습니다. 그렇게 오늘을 삽니다. 그러면 내일의 삶이 기다리고, 또 하루를 살아갑니다. 언젠가 오늘이 마지막이 되는 순간이 올 때까지, 오늘처럼 살아가고 싶습니다.

오래된 나무들이 큰 몸으로 하늘을 가리고 섰습니다. 바람이 불자 나뭇잎이 떨어집니다.

꿈속 같은 세상입니다. 일상에서 꿈으로, 꿈속 세상으로 다녀오는 날들이 많은 가을이 되시길 바랍니다.

11.

오늘 하루도
괜찮았습니다

날씨가 제법 쌀쌀합니다.

평안하신지요.

한동안 잠잠해서 이제 곧 끝나겠구나 싶었던 코로나 확진자가 급증했습니다. 사회적 거리 두기가 격상됨에 따라 우리 생활도 다시 달라졌습니다. 곧 끝나리라 믿었던, 혹은 믿고 싶었던 코로나가 우리 곁을 떠나지 않고 있는 때, 어떻게 지내시는지요.

코로나 시대, 우리는 어떻게 지낼까. 『위드, 코로나』는 그렇게 시작된 책입니다. 함께 글쓰기를 하는 친구들과 책을 한 번 엮어 보자 했고, 그 주제를 코로나로 잡았습니다. 뉴스 속이 아닌 생활 속 코로나를 들여다보자 생각했던 것이죠.

글쓴이들은 매우 다양합니다. 학교 교사도 있고, 제대한 청년도 있고, 주부도 있고, 직장인도 있고, 휴직 중인 직장인도 있습니다. 코로나 때문에 불편하고 힘들고, 그래서 우울감이 깊어질 수 있는 상황. 그런데 코로나 '덕분에' 무엇인가를 새롭게 시작하고, 새로운 관계를 만들어나갑니다.

저는 이들의 글을 보면서 조금 놀라웠습니다. 긍정의 힘으로 지금의 하루하루를 살아내는 이야기에 감동하기도 했습니다.

나를 돌아보고 가족을 돌아보는 것. 그리고 주변을 돌아보고 나와의 관계 너머를 보려고 하는, 어쩌면 이것이 우리가 살아가는 최선이겠지요. 그러기 위해서는 무엇보다 나, 나를 바로 세워야 할 것이고요.

책방 문을 열어놓고 살다 보니 다양한 사람을 만납니다. 그동안 일을 하면서 만난 사람도 참 다양한 편이었습니다. 그런데 책방 겸 카페를 열어놓고 사는 지금은 조금 그 모습이 다릅니다. 예전에는 제가 누군가를 만나기 위해 섭외를 하고 만났습니다. 그러나 지금은 아니지요. 누군가 불쑥 문을 열고 들어옵니다. 그렇게 들어온 이들과 때때로 만납니다.

한 매체에서 원고 청탁이 들어왔습니다. 원고 주제가 '잊지 못할 사람'이었습니다. 생각이 깊어졌습니다. 내 인생에서 잊지 못할 한 사람은 누구일까. 가깝게는 가족, 친구부터 그동안 만났던 이들이 스쳤습니다. 누구 한 사람을 콕 집어서 잊지 못한다는 말을 할 수 있을까. 쉽지 않은 일이었습니다.

이곳에서 만난 사람들을 떠올려보자 생각했습니다. 매달 책을 받아보는 사람들의 이름도 생각했습니다. 역시 쉬운 일이 아니었습니다. 제 마음에 들어온 이들이 참 많기 때문이었습니다. 책방을 차린 후 내게 들어온 이들은 이렇게 많은데, 그들은 내 삶을 이렇게 따듯하게 하는데 나는 어떨까.

마음을 받는 일, 마음을 주는 일. 그 일에는 조건이 없지요. 그런데도 마음을 주고 상처를 받고, 마음을 받고 불편할 수도 있습니다. 사는 일이 참 쉽지 않지요. 그래도 사람을 만나 마음을 주고받는 게 사는 일. 준 것보다 받는 게 더 많은 저는 그래서 며칠 전 책방에 다녀간 분의 이야기를 썼습니다.

노란 갓꽃이 한가득했다. 사람이 오는데, 갓꽃만 보였다. 포장도 되지 않은 갓꽃을 가슴에 한아름 안고 있던 이가 눈으로 웃었다.

"집을 찾다 옆집으로 잘못 들어갔는데 너무 꽃이 예쁜 거예요. 그래서 조금만 따도 되느냐고 물었더니 이만큼이나 잘라주셨어요. 어차피 오늘 갈아엎을 거라면서요."

갓꽃 무더기가 내게로 건너오는데 눈물이 핑 돌았다. 나도 모르게 그를 꼭 껴안았다. 마스크를 끼고 살아가는 때, 손도 부여잡지 않는 때 포옹을 하다니. 포옹을 풀고서야 당황스러웠다.

그 당황스러움과 꽃을 받은 황송함에 나는 어쩔 줄 몰라 하다 장독대로 뛰어가 크기가 적당한 항아리 한 개를 갖고 와 갓꽃을 꽂았다. 테이블 위에 올려놓고 사진 한 장 찍고 여기다 놓을까 저기다 놓을까, 항아리째 들고 책방을 서성대다 의자 위에 앉혔다. 책방이 환하게 피어났다.

"저 커피 한 잔 마실 수 있을까요?"

잠시 갓꽃에 넋이 나가 있던 나는 책방주인의 현실로 돌아왔다. 그녀는 여러 권의 책을 골랐다.

"제가 좋아하는 책들이 많네요."

좋아하는 책이 많다는 것은 책방주인인 나와 독서 취향이 비슷하다는 것. 이 작은 책방에는 내가 좋아하는 책, 내가 읽고 싶은 책 위주로 갖다 놓기 때문이다. 몇 권의 책을 고른 그녀는 겨울 햇살을 받아가며 책을 읽었다. 토요일 오후, 손님이라곤 그녀 혼자뿐이었는데 책방이 가득찬 느낌이었다.

이곳은 대중교통으로 쉽게 올 수 있는 곳이 아니다. 때때로 작가와의 만남, 콘서트 등으로 북적거릴 때도 있지만, 평소에는 조용하다. 가끔 그 사이로, 시골길을 달려와 혼자 문을 열고 들어오는 사람이 있다. 대형서점, 인터넷 서점도 있는데 굳이 시골책방을 찾아오는 이의 마음을 만날 때 나는 가만 내 속을 내비치기도 한다. 때때로 그들과의 대화에서 미처 알지 못한 나를 발견하기도 한다. 잠깐의 만남에도 그들은 그렇게 내 삶에 들어온다. 그들이 가고 난 후 나는 내 마음의 물결을 가만 바라본다. 만남은 그렇게 단 한 번으로도 족할 때도 있다.

오늘 하루를 살아갑니다. 오늘의 만남이 내일로 이어지지 않더라도 마음에 들어오고 무늬를 만드는 일. 물론 그것은 반드시 사람과의 일뿐만 아니지요. 책, 영화, 그림, 음악, 장소 등등. 코로나 시대. 마음을 따뜻하게 하는 만남을 많이 갖고 지내시길 바랍니다. 소중한 것들은 바로 우리 곁에 있는 것일 테니까요. 다정한 마음으로 책방에 피어있는 갓꽃을 보냅니다. 부디 따듯한 날들을 지내시길 바랍니다.

12.

따뜻한 햇살을
택배로 보내 드리고
싶습니다만

　며칠 전 온 눈이 녹지 않아 눈길입니다. 사방이 눈입니다.
금방 온 눈에 발을 내디뎠을 때의 그 뽀송뽀송한 느낌이 아닌,
얼어서 서걱거리는 눈. 눈으로 볼 때는 같은 눈인데도 다릅니
다. 나뭇잎도 새순이 보드라운 것처럼 눈도 금방 내린 눈이 좋
구나 싶었습니다.

　이곳에서 눈이 오면 저는 조금 미칩니다. 멍하니 앉아 있다
가 밖으로 나가 눈을 맞으며 걷습니다. 눈이 쌓이면 휴대전화
를 들고 이곳저곳에 카메라 렌즈를 들이댑니다. 발목을 삐끗
하는 바람에 깁스를 하고 있는데, 그 다리를 이끌고 눈길을 다
녀 붕대가 다 젖기도 했습니다.

　그러나 사진으로 보는 것은 눈으로 보는 만큼 아름답지 않

습니다. 사진 찍는 기술이 부족한 탓도 있겠지만 눈으로 볼 때는 순간의 느낌이 있지요. 눈이 떨어지는 순간, 눈이 나뭇잎에 앉는 순간, 바람이 부는 순간, 그리고 그 모든 것들을 한꺼번에 느끼는 순간. 그럴 때는 사실 사진을 찍는다는 것은 무의미한 일이구나 싶습니다.

며칠 전 아침에 일어나 커튼을 젖히니 앞이 뿌연했습니다. 사방에 안개가 자욱해 앞집도 잘 보이지 않았지요. 한참 멍하니 앉아 있었습니다. 1층 책방으로 내려와 빵과 커피로 아침을 마시는 동안에도 안개는 여전히 심했습니다. 한동안 또 망연히 앉아 있었습니다. 그러다 밖으로 나가 나무와 나무 사이를 걸었습니다. 여전히 산 아래 눈은 녹지 않았고, 안개는 조금씩 걷히고 있었지만 여전했습니다.

휴대전화로 사진 몇 장을 찍었습니다. 안개가 감싸고 있는 나무를 찍고, 그 나무가 서 있는 길을 찍었습니다. 몽환적, 이라고 생각했습니다. 그런데 몽환적, 이라는 단어를 쓰는 순간 그 단어만으로는 부족하다 싶었습니다. 오히려 이렇게 짙은 안개 속 같은 삶을 살아왔고, 살아가는구나 싶었지요. 삶이 몽환적이 아닌 것처럼, 안개 속을 걸으며 몽환적이라는 말 한마디만 하기에는 뭔가 아쉬웠습니다.

물론 살아가는 일은 불확실하지만, 그래도 하루하루 살아내다 보면 보다 나은 내일이 있다고 살아갑니다. 안개가 걷히는 것처럼 확실한 삶의 실체가 드러난다고 믿으면서 말입니다.

그런데 살아가는 일은 그렇게 믿음만으로 되지 않지요. 특히 코로나 시대를 살게 된 지난 1년여를 생각하면 사방이 안갯속입니다. 물론 어느 시기, 다 같이 안전한 백신을 맞고 다시 정상으로 돌아가리라 믿습니다. 그러나 그사이 벌어진 깊은 경제적 차이는, 그로 인한 상대적 박탈감은, 가치관의 차이는……. 심지어 아이들마저 주식 이야기를 하고, 아파트 투자 이야기를 하는 세상에서 그냥 성실하게 노동하는 삶은 얼마나 비천해질까 생각하다 저는 그만 안개 속에서 걸음을 멈췄습니다.

그러다 리처드 랭엄이라는 인간진화생물학자가 쓴 『한없이 사악하고 더없이 관대한』을 생각했습니다. 한없이 사악하고 더없이 관대한 인간. 물론 저도 예외는 아니지요. 이 책에서는 인간의 유구한 역사에서 선과 악을 이야기합니다. 그러니 우리의 삶이란 그야말로 한 점 먼지만도 못하구나 싶어졌습니다. 그런데도 정신없이 앞을 향해 걷는구나. 이리 쏠리고 저리 쏠리면서.

다시 안으로 들어와 이런저런 일을 하다 보니 어느새 책방에 햇살이 가득했습니다. 안개가 걷힌 것이지요. 안개 속을 걸으려고 하지 말고, 그냥 멈춰 서는 것도 방법이라는 생각이 들었습니다. 분명한 것은 안개는 걷힌다는 것이지요. 그러니 살면서 안개 속에 갇혔다 싶을 때는 헤매지 말고 안으로 들어와 나의 일과 마주해야겠다고 생각했습니다.

오늘은 한 해의 마지막 날입니다. 오늘도 햇빛이 찬란합니다. 사실 많은 날이 햇살 가득합니다. 햇살이 좋은 때 등에 햇살을 받으며 앉아 있다 보면 온몸이 따듯해집니다. 한가한 요즘에는 그래서 햇살을 따라 자리를 옮겨 다닙니다. 책을 읽다, 음악을 듣다, 그러다 까무룩 졸기도 합니다. 햇살이 너무 좋은 날은, 누군가 이곳에 와서 함께 누리자 연락을 하고 싶습니다. 저 햇살을 택배로 보낼 수만 있다면, 생각하기도 하지요.

힘든 한 해. 그러나 따지고 보면 어느 한 해 힘들지 않았던 때가 없지요. 코로나 때문에 유독 더 힘들었지만, 이것도 지나가리라는 믿음을 갖습니다. 안개가 걷힌 후에는 더욱 날씨가 맑은 것처럼 우리의 생활은 더욱 윤기가 흐르리라 생각합니다. 물론 이 윤기는 안의 것이라 은밀할 것이며, 스스로 만들어내는 것이라 각자 아는 것이겠지요.

새해에는 우리의 생활을 윤기 있게 할 수 있기를 바랍니다.

우리의 생활이 책과 함께, 생각과 함께 반짝이길 바랍니다. 오늘 함께해주셔서 고맙습니다.

13.

우리 그 방에서
만나요

밖은 온통 흐리고, 조용합니다. 새들도 집에서 나오지 않고 바람도 잠잠하네요.

눈도 녹으니 마당도 휑합니다. 날이 오래 춥다 보니 눈이 꽤 오래 있었거든요. 눈이 녹았을 뿐인데 구조물이 사라진 듯합니다. 무엇이든 나가고 나면 허전합니다.

책방 안에서 캐슬린 배틀을 듣고 있습니다. 캐슬린 배틀은 노래하는 흑진주로 불리며 한 시대를 풍미했던 최고의 소프라노입니다. 그러나 200회나 넘게 무대에 올랐던 메트로폴리탄 오페라극장에서 쫓겨날 정도로 성격 역시 까탈스럽기로도 최고였지요.

그런데도 그녀의 노래를 듣다 보면 그 모든 걸 잊게 됩니다.

그 무엇으로도 말할 수 없을 정도의 아름다운 목소리, 그야말로 영롱한 이슬 같습니다. 생각해 보니 캐슬린 배틀을 들을 때마다 이 두 가지 생각을 하네요. 아마도 그만큼 강력하게 각인된 까닭이겠지요. 물론 그럴 일은 없지만, 때와 장소를 가리지 않는 그녀의 까탈을 제가 당했다면 제아무리 하늘에서 내려온 목소리라고 해도 그녀의 노래를 들을까 싶네요.

살다 보면 나와는 관계없는 것을 말할 때가 많습니다. 이런저런 사적인 모임들은 그런 관계없는 말을 하기 딱 좋지요. 그랬다더라, 하는 이야기는 끝이 없습니다. 그것만큼 또 재미있는 이야기가 없지요. 소위 입방아를 찧기 좋은 이야기는 그래서 이렇게 저렇게 전해지면서 엉뚱한 이야기로 만들어지기도 합니다.

책방을 하는 지금이 참 좋은 이유 중 하나는 사람들을 만나 책 이야기를 한다는 것입니다. 책방에 찾아오는 사람과 뜬금없이 다른 이야기를 할 일도 물론 없지요. 매주 월요일마다 하는 독서 모임은 완전 '책 수다' 모임입니다. 며칠 전에는 조지 오웰의 『1984』와 그의 산문 몇 개를 함께 읽고 이야기를 나눴는데 저마다의 이야기를 듣느라 두 시간을 훌쩍 넘겼습니다.

혼자 책을 읽을 때와 독서 모임을 할 때 다른 것은 생각을 '공유'한다는 것이지요. 내 생각을 말하고, 다른 사람의 생각으로 들어가는 일. 옳다, 그르다를 이야기하는 것이 아니니 그 시간 동안 내내 행복합니다. 물론 캐슬린 배틀의 뒷이야기처럼 작가의 뒷이야기도 가끔 합니다만, 이런 이야기는 은근 책의 재미를 더하지요.

어젯밤에는 버지니아 울프 책에 푹 빠졌습니다. 한 세기 전의 글을 읽는데 지금도 유효한 것에 다시 한번 고전의 힘을 느꼈지요. 조지 오웰의 『1984』 역시 지금 시대를 소름 끼치도록 이야기하고 있는데, 버지니아 울프가 말한 '자기만의 방' 역시 지금도 유효한 이야기입니다. 물론 지금은 각자의 방을 갖고 살아가는 사람이 많고, 그녀가 말한 500파운드를 갖고 있는 여성이 그 시대보다 많습니다. 그러나, 여전히 자기만의 방에서 걱정 없이 글을 쓸 수 있는 여성은 그리 많지 않습니다. 남성 역시 마찬가지지요.

그래서 그들은 가난을 달고 살 수밖에 없습니다. 자기만의 방을 갖기 위해서는 돈을 벌어야 하고, 돈을 벌기 위해서는 자기 글을 쓸 수 없는 아이러니. 글쓰기 외에 돈을 버는 재주가 없는 사람들은 천생 작가입니다. 이 경우도 글밖에 쓸 줄 모르는데 그것이 생활이 안 되는 경우는 매우 심각한 상황이 되지요. 문학적 성과가 있다 해도 사실 힘든 일입니다. 물론 문학적 성과가 크고 책이 잘 팔리면 금상첨화겠지요. 이런 경우는 우리가 다 아는 베스트셀러 작가들일 것입니다.

그런데 돈을 버는 재주가 있는 사람들은 글로 먹고살거나 다른 일로 먹고삽니다. 돈을 버는 재주라니, 그런 뛰어난 재주는 물론 아니지요. 그냥 보통 사람들처럼 일할 뿐입니다. 그러다 어느 날 더는 글과는 관계없는 인생을 살아가는 경우도 많습니다. 여성이나 남성이나 마찬가지로, 먹고 사는 일은 절체절명이니까요.

여성 작가 중에는 도서관과 카페에서 글을 쓰는 경우가 많습니다. 가깝게 지내는 작가 중 코로나로 도서관이 문을 닫고, 카페도 마찬가지 상황이 되자 괴로움을 토로했습니다. 집에서는 못 쓰느냐고 하겠지만, 쉽지 않습니다. 일상을 차단하지 않으면 글 쓰는 세계로 들어갈 수 없습니다. 그래도 '작가'라는 타이틀로 글을 쓰고 있다면 그들은 어떻게 해서든 자기만의 방을 찾아 들어가 글을 씁니다. 이미 그들은 직업이 됐기 때문이지요.

그러나 그렇지 않은 보통 여성은 어떨까요. 요즘 같은 코로나 시대에 하루 세끼 식탁을 차려야 하는 때에 자기만의 방에 들어갈 수 있는 여성이 얼마나 될까요.

여성들이 혼자만의 시간을 가장 많이 갖는 곳이 주방입니다. 주방 본래의 역할 즉, 밥을 짓고, 음식을 하고, 설거지하는 등 일 외에 책을 읽고 글이라도 한 줄 끄적거리려면 주방 식탁에 앉는 것이지요. 그러나 주방에서 눈을 닫고 자신의 시간으로 들어가는 것이 쉬운 일이 아닙니다. 집이 일터인 여성의 눈에는 모두 일거리니까요.

물론 남성도 예외는 아닙니다. 일터에서 집으로 돌아와 자기만의 방에 들어가 자신만의 시간을 가질 수 있는 사람은 그리 많지 않습니다.

그럼에도 여성은, 아니 사람은 자기만의 방을 만들어야 합니다. 자기만의 방에서 혼자의 시간을 가져야 합니다. 물리적인 방이 쉽지 않다면 그 어떤 정신적 방을 만들어 일상으로부터 나를 차단해야 합니다.

아무것도 하지 않고 그냥 앉아 있더라도 그 공간에서 나를 느끼는 것. 가족의 필요를 채우고 염려하는 시간이 아닌, 나를 생각하는 시간. 지금 내 인생은 잘 흘러가고 있는 것일까 생각하는 시간. 정말 잘 살고 있는 것일까 질문하는 시간. 그리고 그것을 글로 기록하는 시간. 글은 나의 생각을 정리할 수 있는 가장 좋은 수단이지요. 이런 것들은 일상을 차단하지 않으면 할 수 없습니다.

질문하는 사람과 그렇지 않은 사람의 차이는 보이지 않습니다. 사실 본인 자신도 자신의 차이를 못 알아봅니다. 언제나 나를 잘 모르는 게 나이니까요. 그러나 잘 모르는 나를 향해 질문하고, 질문하다 좋은 책이나 음악, 그림, 풍경 들을 만나면서 나는 더 깊어집니다. 그리고 그것이 글로 남겨졌을 때 나의 존재감을 스스로 확인하고, 그것들이 차곡차곡 쌓여 어느 날 다른 모습으로 살아가는 나를 발견할 수 있습니다. 그것이 곧 나를 이루는 인생이겠지요.

오늘은 부슬비가 오는 1월이지만, 아직 겨울은 많이 남았습니다. 가라앉을 듯했던 코로나 확진자 수는 집단 발병으로 다시 늘어났습니다. 이런 날들 속에서 나만의 방은 더욱 절실합니다. 나만의 방에서 침잠의 시간을 보내다 보면 겨울이 끝이 나고, 코로나도 언젠가는 끝이 나겠지요. 저도 제 방에서 그런 시간을 보내 보겠습니다. 부디 당신만의 방에서 시간을 보내실 수 있기를 권합니다. 그 방에서 우리 만나요.

14.

깜빡, 나에게
속고 살아요

한겨울이어도 포근한 날이 계속되고 있습니다. 날씨는 맑기도 하고, 흐리기도 하고.

평안하신지요.

별일 없이 하루하루를 사는 것이 좋은 삶이지만 사는 게 때때로 살아내야 하는 것이어서 오늘 당장은 힘들더라도 내일은 평안하리라 믿고 또 하루를 살아가는 게 아닌가 생각합니다. 오랜만에 『데미안』과 『어린 왕자』를 다시 읽었습니다. 이 책들을 읽으면서 삶을 단단하게 할 때 필요한 것은 이러한 명작들이 아닌가 생각했습니다.

새로운 길을 가고 있다고 생각해도 또 깨고 나와야 할 벽이 있는 것이고, 남과 비교하지 않고 있다 생각해도 주변을 돌아

보면 또 비교하게 됩니다. 달리지 않고 있다 생각했는데 특급 열차를 타고 달리고 있는 걸 발견하기도 하니까요.

몸이 하루하루 나이를 드는 것처럼 마음도 나이를 먹어 깊어지길 꿈꿉니다. 나이 든 몸은 예전 같지 않은데, 아직 젊은 줄 알고 한 번은 이어달리기하다가 그만 고꾸라졌습니다. 10대 때 달리기를 제법 잘했고, 그동안 운동도 꾸준히 했으니 잘할 수 있다 생각했던 것이지요. 저는 달리고 있다고 생각했는데 발은 그 자리에서 별로 벗어나지 못하더군요. 가슴은 먼저 앞으로 나가고, 다리는 안 움직이고. 그러니 고꾸라질 밖에요.

마음도 사실 그러합니다. 아직도 허상을 생각할 때가 있습니다. 아주 잠깐, 한때 뭔가를 잘했던 기억을 갖고 지금도 잘할 수 있다고 생각합니다. 스스로 깜빡 속는 것이지요. 일에도 근육이 필요하다는 걸 알면서도 그렇게 혼자 속아 넘어갑니다.

마당에 나가 큰 소나무 아래에서 위를 올려다봅니다. 세 그루의 큰 소나무가 위로 올라가 저희끼리 만난 모습을 봅니다. 풍경 속 먼 산은 그대로지만, 그 산을 이루고 있는 나무와 풀들은 매일매일 조금씩 변하고 있겠구나 생각합니다. 마찬가지로 어제의 내가 다르고 오늘의 내가 다르겠지요. 오늘 하루, 나에게 속지 말고 지내야겠어요.

2장

시골에 살고

책방을 해요

1.

천사의나팔이
꽃을 피웠다

천사의나팔이 꽃을 피웠습니다. 하얀 꽃이 여러 송이, 1년에 두 번 꼬박꼬박 꽃을 피웁니다. 천사의나팔은 엄마가 오래 키웠던 것들입니다. 엄마가 한 10년쯤 키우다 돌아가셨고, 제가 갖고 와 키운 지 벌써 7년째이니 제법 오래됐습니다.

천사의나팔꽃을 찍으려고 휴대전화를 들이대니 입을 꼭 다물고 있었습니다. 꽃이 피었으면 당연히 입을 벌리고 있을 줄 알았는데 뜻밖이었습니다.

그리고 저녁, 향내가 유난히 진하다 싶어서 보니 그 꼭 다물었던 입이 활짝 벌려 있었습니다. 보통 나팔꽃은 새벽에 피어났다 오후가 되면 지는데, 천사의나팔은 그렇지 않은 모양입니다. 사실 커다란 꽃이 아래를 향해 종처럼 피어 있어서 꽃잎

이 벌어졌는지를 자세히 보지 않고 살았습니다. 오래 키워 천
사의나팔을 안다고 생각했는데 아는 게 아니었습니다. 하긴
자세히 들여다보지 않으면 알 수 없는 것이 천사의나팔뿐은
아니지요.

향내는 그야말로 고혹적입니다. 이 꽃은 독성도 강하답니
다. 이번 꽃이 지면 밖으로 나가 가지치기를 한 후 땅에 심을
생각입니다. 땅에서 쑥쑥 뿌리를 내리면 얼마나 자유로울까,
내 몸이 다 시원해집니다. 물론 추위가 닥치기 전에 다시 화분
으로 옮겨 안으로 들여야겠지만 말입니다.

2.

봄을 먹어야지!

　이곳은 꽃이 조금 늦습니다. 이제야 꽃이 활짝입니다. 들어
오는 길가의 벚꽃이 눈부십니다. 오래된 시골 마을길에 벚꽃이
얼마나 아름다운지, 유명 벚꽃놀이 장소가 부럽지 않습니다.

　산벚꽃은 피는가 싶었는데 어느새 잎이 났습니다. 소나무
들 사이에서 피어나는 산벚꽃은 또 다른 맛입니다. 은은함을
따라갈 수 없습니다. 언뜻언뜻 내비치는 속내 같지요. 엊저녁
에는 꽃핀 벚나무 아래에서 모닥불을 피워놓고 오래 앉아 있
었습니다.

　생강나무도 꽃을 피웠습니다. 생강나무꽃을 보느라 가까이
갔더니 그 둘레로 벌들이 잔뜩 날아들었습니다. 벌을 끌어들
이는 것은 꽃의 달콤함 때문이지요. 나무 가까이 가니 향내가

진동합니다.

연하게 피어나는 나무들의 새순들. 덕분에 먼 산의 색깔도 하루가 다릅니다. 아름답다, 아름답다, 라는 말이 자꾸 나왔 습다.

봄은 이렇게 화사합니다.

얼마 전 오랜만에 아는 이와 통화하면서 "안녕하시죠?"라 고 물었다가 조금 곤혹스러웠습니다.

"요즘 안녕한 사람이 얼마나 되겠어요."

그의 대답이었습니다. 당연히 목소리도 힘이 없었지요. 사 업체를 정리해야 할 것 같다는 말을 듣는데, 그만 할 말을 잃었 습니다. 단순히 마스크를 쓰니 마니 하는 문제가 아닌 생존의 문제. 지금은 누구 한 사람만의 문제가 아니어서 더욱 조심스 럽습니다. 이렇게 화사한 봄인데도 봄을 누리지 못하는 사람 들이 많네요.

그래도 다시 봄입니다. 봄을 먹어야 또 한 해를 살아갑니다. 어제는 마당에서 캔 민들레를 데쳐 된장에 조물조물 무쳤더니 입맛이 확 돌았습니다. 봄에는 독초도 약이라고 할 정도로 겨 울을 지내고 처음 나온 것들은 모두 약이라고 합니다. 봄을 먹 고 봄을 누려야지요. 그래야 또 살아내지요.

3.

밭이 정원,
정원이 밭

밖에는 진달래와 개나리, 벚꽃이 지나고 산철쭉, 영산홍, 라일락 등이 활짝입니다. 지난해 이어 올해도 영산홍을 제법 많이 심었습니다. 지난해 트랙터로 마당 정지작업을 한 후 텅 빈 땅을 어떻게 만들까 고민하다 너른 마당에 그냥 보리를 심었습니다. 그래서 여름과 가을, 청보리가 장관이었습니다. 올해는 영산홍으로 전체 밭을 둘렀습니다. 그러고 나니 비로소 정원밭이 되었습니다.

정원은 시간이 함께 만듭니다. 사람이 아무리 손으로 이렇게 저렇게 해도 시간이 들어가지 않으면 이루어질 수 없는 게 정원이지요.

이 나무를 여기 심을까, 이 나무를 캐서 저기로 옮겨야지,

이 화초는 뽑아버려야겠어, 올가을엔 구근을 캐야지 등등 정원에서는 생각을 많이 합니다. 그런데 문제는 그게 다 절대적인 시간과 노동이라는 것입니다.

요 며칠 손가락을 다쳐 일을 못 하는 동안 풀 하나 안 뽑고 남편에게 말만 했습니다. 오늘은 영산홍 핀 장독대가 너무나 아름다워 사진을 찍고 밖에서 내내 놀았습니다. 이런 계절에 책 읽기는 정말 쉽지 않습니다.

4.

사는 대로
만들어지는 인생

서울에 살 때 저는 집을 자주 떠났습니다. 가까운 곳도 가고, 멀리도 갔습니다. 한동안은 제주올레길을 비롯한 북한산 둘레길, 지리산 둘레길, 강화 둘레길 등 오래 걷기 위해 일부러 떠났습니다. 지금은 집을 떠나지 않습니다. 대신 집 주변에서 이런 숲길을 매일 걷습니다.

제주올레길을 걸을 때 숲길이 나오면 좋아서 아주 천천히 걸었습니다. 팍팍한 아스팔트 길을 걷다 숲으로 이어진 길들을 만나면 비로소 걷는 맛이 났습니다. 그 맛에 걸었지요. 적게는 서너 시간, 많게는 하루 9시간도 걸었습니다. 북한산을 종주할 때도 9시간이 걸렸습니다. 지리산은 1박 2일로 종주했지요.

족저근막염으로 치료받을 때 의사가 물었습니다.

"왜 그렇게 걸어요?"

걷지 말라는 말을 듣고도 좀 편한 운동화를 신고 또 걸었습니다. 집 근처 천도 걷고, 스포츠센터에서도 걸었습니다.

그런 한때를 지나고 지금을 삽니다. 그렇게 하고 싶을 때 못하면 병이 됩니다. 그러니 하고 살아야 합니다. 그래야 못한 것에 대한 원이 없습니다. 마음대로 안 되는 게 사는 것이지만, 매일 사는 대로 만들어지는 게 인생이니까요.

5.

딴전을 피우다

골치 아픈 일을 하다 머리를 식히려고 산책을 하다 보니 소나무 아래 이끼가 잔뜩이었습니다. 손에 닿는 감촉이 좋아 한참을 쓰다듬다 얼른 모종삽을 갖고 나와 둥그런 유리그릇에 담았습니다. 이끼만 있는 게 조금 서운해 둥글레 한 포기도 퍼 담았습니다.

밖에 있는 것들을 안으로 들여놓고 보고 또 봅니다.

참 좋습니다.

이끼를 좀 좋아하긴 합니다.

도시에 살 때 산에 가면 가끔 이끼를 갖고 와서 키웠던 적이 있었습니다. 지리산 계곡을 지나다 초록 이끼에 반해 한참을 넋 놓고 바라보았던 기억이 새롭습니다. 화담숲의 이끼 정원은 얼마나 아름다운지, 감탄이 절로 나왔지요.

한 번은 집을 보러 다니다 이끼가 가득한 집을 구경하기도 했습니다. 유명 건축가가 설계한 그 집은 산 아래 계곡을 사이에 두고 지어진 아주 멋진 집이었습니다. 그런데 집 주변이 온통 이끼 투성이었습니다. 푸른 이끼는 장관이었지만, 집안에 들어서자 곳곳에 제습기가 돌아갔습니다. 마루는 썩은 자국이 역력했지요. 이끼를 좋아한다고 이끼가 자라는 습한 곳에서 살 수는 없는 일. 그 집은 그래서 과감히 포기했습니다만, 참 아름다운 집이었습니다. 집보다 이끼가 더욱 아름다웠고요.

이끼 화분을 만들기 전 이런저런 일로 책상에 붙박혀 있었습니다. 계산도 좀 하면서 서류를 만들어야 하는 일인데 어찌된 것인지 합계를 낼 때마다 달랐습니다. 뛰던 가슴이 터질 뻔할 무렵, 자리를 박차고 일어나 마당을 나갔지요. 그리고는 산책을 하고 이끼 화분을 하나 만들었던 것입니다. 그러고 나니 마음이 개운해졌습니다.

코앞에 닥친 일을 두고 엉뚱한 일을 하다니. 그런데 이런 잠깐의 딴전은 마음을 풀어줍니다. 딴전 없는 생활은 생각만 해도 아찔합니다. 사실 저는 딴전을 잘 피우는 편입니다. 딴짓으로 딴전을 피우고 나서 그야말로 전광석화처럼 일을 해치웠던 적이 한두 번이 아닙니다.

이곳에서의 딴짓은 주로 마당에 풀 뽑기, 화초 전지하기, 나무와 꽃 사진 찍기, 하늘 보기, 조금 걷기, 멍때리기, 음악 듣기 같은 것들입니다. 멍때리기 같은 오래된 딴짓도 있고, 풀 뽑기 같은 시골살이에서 가능한 딴짓도 있지요. 딴짓을 하지 않고 어떻게 꼬박꼬박 살 수 있겠어요. 딴짓은 일종의 휴식이지요. 그런데 살아갈수록 점점 딴짓을 많이 하고 삽니다.

6.

새순을 틔우는
감나무처럼

집앞에 100년쯤 된 감나무가 있습니다. 가을이면 감이 제법 열렸습니다. 그러나 너무 높아 감 따기가 별 따기처럼 힘들었습니다. 거의 대부분 새가 먹었습니다. 지난가을, 이웃집에서 나무를 자르면서 자르는 게 좋겠다며 싹둑 잘랐습니다. 몹시 서운해 옆의 가지 하나는 길게 남겼습니다. 싹이 날까, 오래 걱정했습니다.

처음 감나무가 자리잡았을 때는 주변에 아무것도 없었겠지만, 지금은 집이 들어선 바람에 햇빛을 오래 보지 못합니다. 그 생각을 미처 하지 못한 채 잘랐으니 나무에게 참 미안했습니다. 그런데 오늘 보니 잎이 났습니다. 반가워서 한참 감나무 아래에서 서성였습니다.

나이 들어서 저 순처럼 새로운 순이 나면 좋겠습니다. 저렇듯 맑은 새순으로 말입니다.

젊었을 때는 나이를 비슷하게 먹지요. 그러나 나이 들면서 서로 다르게 늙어갑니다. 어떤 사람은 나이 들어서도 더 멋있고 건강해지는 반면, 어떤 사람은 그냥 '늙어갑니다'. 장례식장에서 오랜만에 사람들을 만나면 화들짝 놀랍니다. 좋은 얼굴을 만나면 괜찮지만, 폭삭 늙은 얼굴을 만나면 안 보고 사는 사이 무슨 일을 겪었나 싶어 걱정되기까지 하지요.

누구나 늙어갑니다. 그러나 모두 똑같이 늙지는 않습니다. 새순을 틔운 오래된 감나무처럼 내 삶의 새순을 틔우고 살고 싶습니다.

저녁이 되면서 날이 흐려지고 바람도 거세졌습니다.

7.

망초꽃
그리고 누드베키아

집 앞에 너른 땅이 있습니다. 원래는 논이었던 곳이 농사를 짓지 않자 버드나무가 자랐습니다. 최근 땅주인이 바뀐 후 나무를 모두 베어냈는데 여름이 되자 망초꽃이 가득 피어났습니다.

휴대폰을 들고 나가 사진을 찍었습니다. 제 기술로는 도저히 담아낼 수 없는 아름다움입니다.

이곳에서 보는 자연은 매일 바뀝니다. 이 풍경을, 이 바람 소리를 듣는 데 하루가 금방 갑니다. 이토록 아름다운 망초꽃들을, 이 바람 소리를 어디에서 보고 들을 수 있을까요.

해 질 무렵에는 이웃이 누드베키아 꽃다발을 들고 왔습니다. 얼굴에 땀방울이 가득했습니다. 꽃을 꺾으며, 이곳까지 걸어오며 이곳을, 저를 생각했을 것을 생각하니 가슴이 뜨끈해졌습니다. 그는 물 한 모금도 마시지 않고 서둘러 되돌아갔습니다.

그가 가는 길을 오래 서서 바라보았습니다.

바람이 참 시원했습니다.

8.

금계국이나
수레국화처럼

욕심이 있었습니다.

돈도 좀 벌고 싶었고, 그래서 좋은 것도 많이 갖고 싶었고, 아는 것도 좀 많아지고 싶었고, 아는 척도 좀 하고 싶었습니다. 큰 회사에서 일하고 싶었고, 승진도 하고 싶었습니다. 주제도 모르고 부린 욕심도 많았습니다.

주변에 있는 이들은 모두 저보다 나아 보였습니다. 그들을 따라 살려고 애썼습니다. 그렇게 하고 사는 것이 잘 사는 것인 줄 알았습니다. 다들 웃고 살았습니다. 그래서 사는 동안 간간이 힘들었습니다.

청보리가 자라고 금계국이 한창일 때 인터뷰를 위해 사진을 찍었습니다. 사진을 받아보고 참 좋았습니다. 사진 속 저의 모습을 보며 이런 모습으로 나이 들고 싶었다는 생각이 들었습니다. 좋은 옷을 입지 않아도, 화장하지 않아도 괜찮은 삶. 주변 사람들과 비교하지 않는 삶. 그냥 나로 살아가는 삶. 온몸을 다 쓰고 죽는 삶.

어디에서나 흔한 금계국은 한 계절 마당을 화려하게 빛냅니다. 금계국이 지고 나니 지금은 백일홍이 마당을 빛내고 있습니다. 한쪽에서는 수레국화가 한두 송이 피어나기 시작했습니다.

이 꽃이 지면 어떤 꽃이 피어날까, 마당 이곳저곳을 둘러봅니다. 자기 몸을 다 쓰고 진 꽃들. 그것들을 오래 바라보다 보면 바람 한 줄기가 지나갑니다. 새순 돋을 때 떨렸던 마음도 지나가고, 억센 비를 맞으면서도 꼿꼿했던 마음도 지나갑니다. 지금은 모두 사라진 것들.

그러다 언제쯤 이 꽃대를 꺾을까 생각합니다. 시커멓게 죽은 꽃 속에 들어 있는 씨앗을 잘 말리려면 언제쯤이 좋을까 생각하는 것입니다.

새까맣게 씨앗을 맺고 죽는 꽃처럼 살고 싶습니다. 금계국이거나 수레국화거나 그런 꽃들처럼. 한 번쯤 고급 수반에 꽂혀 뽐내고 싶었던 욕심이 없어지니 다른 욕심이 또 들어와 삽니다.

9.

아름다움을
찾는 일

튤립

예전엔 미처 보지 못했던 것들이 요즘엔 자꾸 보입니다. 며칠 전 잡초 속에 튤립이 혼자 피어 있기에 구근을 통째 퍼갖고 와 구근은 다시 심고 꽃은 잘라 물에 심었습니다. 테이블 위에 올려놓고 매일 바라보는데 오늘은 쓱 지나다 보니 속을 훤히 내놓고 있습니다.

어머나, 깜짝이야. 네 속이 이렇구나!

튤립 속을 처음, 오래 들여다봤습니다.

진달래

봄이면 어디에서나 진달래를 볼 수 있지만 집 마당에서 보는 진달래 맛은 남다릅니다. 드디어 꽃이 제법 피었습니다. 올봄 꼭 하고 싶었던 일 중 하나는 화전 부쳐 먹기입니다. 『만년의 집』에서 강상중 선생의 어머니는 봄에 나는 것들을 먹으면 '몸에 봄이 온다'라고 했습니다. 그리고 몸속의 나쁜 것을 내보낸다 했습니다. 봄이 와도 봄이라고 즐겁게 외칠 수 없는, 뭐라 말할 수 없는 시절을 지나는 요즘. 화전을 부쳐 먹고 몸으로 봄을 맞이해야겠습니다.

백합

지난해 백합 구근을 심었습니다. 늦가을에 구근을 캐서 소독한 후 다시 깊게 심어야 잘 자란다는데, 때를 놓치고 말았습니다. 그래도 올해 불끈 싹을 올렸습니다. 그리고 쑥쑥 자라 꽃송이를 여럿 맺었습니다.

어제 한 송이가 피었고, 오늘 두 송이가 더 피었습니다. 지지대를 세우다 꽃대가 꺾였습니다. 백합 한 송이를 안으로 들여 유리 화병에 담았습니다. 오며 가며 바라보고, 그러다 함참 들여다 봤습니다. 어제 백합 한 송이가 피었을 때 책방에 찾아온 이에게 말했습니다.

"오늘 백합이 처음 꽃 피었어요!"

"네."

시큰둥한 그의 대답에 조금 민망했습니다. 시골책방에 오는 사람이 백합 핀 것을 보고 좋아하는 사람이 왔으면 좋겠습니다.

호박잎

나무 아래 앉아 먼 산을 바라보다 땅을 바라봤습니다. 호박잎이 넝쿨을 타고 쭉쭉 뻗어 제법 많은 면적을 차지하고 있었습니다. 호박잎은 줄기를 타고 허리를 곧추세운 채 온몸을 쫙 펴고 있었습니다. 툭 꺾이리라고는 생각할 수 없을 만큼 고고하고, 몹시 아름다웠습니다. 호박잎이 순하다고 생각했는데, 줄기에 붙은 호박잎은 강했습니다. 호박잎 몇 장 따서 쪄 먹어야겠다던 생각을 거뒀습니다. 저 고고한 자태를 더 간직하라고 말입니다.

참외

참외 모종 몇 개를 사다 심었습니다. 참외가 어떻게 자라는지 몰랐습니다. 그래서 상추와 치커리 고랑 사이에 심었습니다. 참외는 옆으로 줄기를 뻗으며 자랐습니다. 이랑을 넘는 참외줄기를 고랑으로 내려놓는 게 일이었습니다.

어느 날 푸른 참외가 열렸습니다. 잎 사이에 숨어 열린 줄도 몰랐지요. 상추를 따면서, 고추를 따러 가면서 참외가 노랗게 익어가는 모습을 살폈습니다. 어느 날 드디어 참외가 노랗게, 다 익어 보였습니다.

지금 따면 좋을까, 더 두어야 할까. 그렇게 또 며칠을 참다 가위를 들고 밭으로 갔습니다. 가장 먼저 노란빛을 띠었던 것을 따려고 가위를 들고 손을 댔습니다. 그런데 참외가 똑 떨어져 있었습니다. 익으면 절로 그렇게 가지에서 벗어나는 모양입니다.

아침 식탁에서 그 참외를 먹었습니다. 달기도 달지만 식감이 달랐습니다. 이런 맛이 진짜 참외 맛인가 싶었습니다. 맛도 아는 게 아니구나 싶었지요.

꽃

비 온 후라 아침 내내 풀을 뽑았습니다.

커피를 마시다 잡초가 눈에 띠어서 시작한 일이 그만 1시간이 넘도록 했습니다. 햇빛이 없고 날이 선선했지만, 땀이 났습니다. 처음엔 손으로 하다 결국 호미를 들고 한쪽을 다 갈아엎었습니다. 그러면서 속에 있던 수선화 구근을 캤습니다.

화단을 어떻게 가꿀까 생각합니다. 지금 꽃잔디가 있는 곳을 모두 꽃잔디로 할까 생각 중입니다. 그 위로 불쑥 솟아오른 백합과 원추리는 그대로 둘까 생각하다 그 옆 작은 화단에 있는 남천과 목단, 바질과 레몬밤 같은 것들은 어찌할까 생각합니다. 이것들 중 목단은 마당 앞쪽으로 옮기고, 독일붓꽃과 수선화, 장미도 옮겨야겠다 생각합니다. 그런데 생각이란 또 바뀝니다. 일단 오늘은 풀을 뽑으며 거기까지만 생각했습니다.

한참 쪼그리고 앉았다 일어나려니 오금이 저렸습니다. 엉거주춤 일어나서 보니 멀리 핀 원추리꽃이 아름다웠습니다. 물 먹어 진해진 소나무를 배경으로 서 있는 모습이라 더욱 도드라졌습니다. 원추리도 꽤 빽빽하게 심어져 내년에는 일부는 캐서 옮겨 심으려 했는데, 막상 꽃대가 올라온 걸 보니 빽빽한 느낌이 들지 않았습니다. 뒤뚱뒤뚱 걸어가면서 보고, 가까이 가서 이리 보고 저리 보고. 가까이에 가서 아름다운 것이 있고, 멀리 봤을 때 아름다운 것이 있으므로 한 번만 볼 수 없습니다.

오늘 아침 백합은 몇 송이만 남기고 다 활짝 피었습니다. 일찍 핀 두 송이는 이미 졌지요. 백합은 꽃대 한 개에서 적게는 세 송이, 많게는 여섯 송이 꽃을 피웠습니다. 날이 저물 무렵부터 백합은 향내를 풍기기 시작, 어두워질수록 강해집니다. 이렇게 백합을 키우지 않았다면 몰랐을 일입니다.

이 마을에서 평생을 산 어른이 말했습니다.

나무가 얼마나 아름다운지 몰라.

그 양반은 배운 것도 없고, 살아내느라 성격도 억셉니다. 그는 아마도 평생 집 앞의 나무들을 봤을 것입니다. 그런데 그 나무를 '아직도' 아름답게 봅니다. 그의 말이 제 마음에 오래 남았습니다.

아름다움은 지극히 주관적이어서 모두 다 똑같이 느끼지 않습니다. 그래도 꽃은 아름답고, 나무도 아름답습니다. 그런데 누군가는 꽃을 보고도 그냥 지나칩니다. 마음이 젖어 있어야 아름다움을 볼 수 있습니다. 아름다움은 하나가 아니지요. 한 아름다움이 끝나면 다른 아름다움이 보입니다. 아름다움도 찾아야 보입니다. 그리고 오늘이 내일보다 예쁩니다.

10.

꽃보다 아름다운
들깻잎

들깻잎이 꽃보다 아름답습니다. 그래서 밭이 정원 같습니다. 이른 오후, 한 손님이 『시골책방입니다』 책을 사서 읽기 시작했습니다. 읽다 짬짬이 이야기를 나누다 저녁이 됐습니다. 배가 고파 더는 있을 수 없다며 나가는데 손님이 들어왔습니다. 나가는 손님이 들어오는 손님을 보고 말했습니다.

"이 책 강력 추천이에요!"

그러자 그 손님, 책 두 권을 바로 계산했습니다. 내가 몸 둘 바를 몰라 연신 고맙다고 하자 그 손님 마스크를 벗고 말했습니다.

"선배, 저예요."

오래전, 같은 업계에서 일하던 친구였습니다. 반갑고 고마

워 이런저런 두서없는 이야기를 하다 밭으로 갔습니다. 상추
좀 따 줄까 했는데 어제 왔던 후배들이 끝물인 상추를 다 따버
려 딸 것이 없었습니다. 다행히 냉장고 야채 박스에 남은 것이
있었습니다. 호박 하나, 참외 하나, 고추 몇 개 봉투에 담아 후
배 손에 들렸습니다. 후배 차가 나가는데 그만 눈물이 찔끔 났
습니다. 그를 알고 지냈던 시절들이 휙 지나갔습니다.

30대 중반, 그녀는 편집장 자리를 버리고 외국으로 갔더랬습
니다. 당시 그녀의 용기에 박수를 보내면서 떠나지 못하는, 그리
고 떠날 수 없는 나를 생각하며 조금 우울하기도 했습니다.

그녀는 돌아와 역시 비슷한 시기에 떠났다 돌아온 친구와
함께 동업을 시작했습니다. 그곳은 꽤 잘됐고, 지금도 잘되고
있습니다. 그들을 자주 보지는 못해도 그들은 언제나 가까이
에 있었습니다. 아무래도 주변 사람들을 통해 자주 이야기를
듣게 되었기 때문입니다.

그들을 생각할 때마다 그들이 직장을 그만두고 새로운 길
을 찾아 떠났던 용기와 오랫동안 동업을 하는 것에 칭찬과 존
경의 박수를 보냈습니다. 서울에 있었다면 새로 이사한 그녀
들의 멋진 카페에 가봤을 텐데 생각하면서 말입니다.

마당에서 깻잎 몇 장 따서 저녁때 삼겹살을 구워 싸 먹었습

니다. 남편과 이런 이야기들을 나누다 상추를 따 주지 못했다고 하자 남편이 말했습니다.

"이젠 깻잎을 따 줘."

나는 웃었습니다. 물론 이 깻잎 맛이 보통 깻잎과는 다릅니다. 향은 진하고 씹히는 맛이 다릅니다. 이곳에서는 매일이 참 다릅니다. 들깨를 꽃 보듯 바라보는 생활. 언젠가 이 시절도 휙 지나겠지요.

11.

오늘의 안부

스승의 마지막 가시는 길을 보고 왔습니다.

선생님은 언제나 제 이름을 높고 크게 불렀습니다. 마지막으로 뵌 것은 10년 전쯤. 그것도 행사장에서였습니다. 선생님은 그날도 저를 보시자 반갑게 이름을 크게 불렀습니다. 생각해보니 이제 이름을 불러줄 사람이 그리 많지 않구나 싶었습니다. 부모와 스승들이 차례로 모두 떠나고 있습니다.

한 친구가 암 치료를 받고 있습니다. 항암치료를 받은 후는 힘들어서 꼼짝 못 하고, 2주쯤 될 때 잠깐 반짝한다고 했습니다. 그 반짝, 하는 때 만나 스파게티를 먹었습니다.

자신의 헤어스타일과 비슷한 가발을 쓰고 나와서 이야기를 하다 잠깐씩 그가 치료 중이라는 사실을 잊었습니다. 식당은 시끄러웠고, 이야기는 조금 두서없었습니다.

그가 말했습니다.

"항암 주사를 맞으러 가면 여러 가지 사람을 봐요. 해탈한 듯 창밖을 바라보는 사람도 있고, 화가 가득한 얼굴로 남편에게 짜증을 내는 여자도 있고, 아무렇지도 않게 책을 보는 사람도 있고. 나도 처음에는 어떻게 해야 좋을지 몰랐어요. 그러다 받아들였어요. 그래 치료하자, 하고 말이에요. 그러고 나니 마음이 좀 편안해졌어요. 이런 마음을 갖게 해주셔서 감사하죠. 아프고 나니 비로소 내가 은혜를 받았구나 싶어요."

아프다고, 힘들다고 말했으면 뭐라 했을까. 그런 마음을 가진 그가 그야말로 존경스러웠습니다.

아픈 사람 앞에서는 사실 무슨 말을 할 수가 없습니다. 그냥 그의 얼굴을 보고 손잡아 주고 이야기를 듣는 게 전부일 뿐입니다. 오랫동안 아픈 친구. 그 친구는 잘 지내고 있을까, 문득 생각했습니다.

스승의 빈소에서 사모님이 말씀하셨습니다. 이렇게 제자들이 와줘서 참 고맙다고.

선생님이 아픈 것을 가까운 이들도 몰랐다고 합니다. 한 달 남짓 병원 생활을 하는 동안 코로나19로 연락할 처지가 못 됐다고 합니다. 병석에 있는 동안 선생님은 또 얼마나 힘들고 외로웠을까. 저는 배도 안 고픈데 장례식장에 앉아 꾸역꾸역 선생님과의 마지막 밥을 먹었습니다.

항암치료를 받는 친구가 말했습니다.

"언니도 나 만나러 오고, 이 사람 저 사람들이 막 찾아와요. 그런 게 얼마나 고마운지 몰라요."

그래도 그녀는 돌아가 혼자 있는 시간 동안 외로울 것이고, 몸이 고통스러울 때는 더욱 처절하게 외로울 것입니다. 아픈 몸을 지나는 이들의 마음이 따듯하기를.

12.

식물의
위로

코로나19로 다니던 스포츠센터가 휴관했습니다. 새벽 운동을 가지 않으니 아침 시간이 꽤 여유 있습니다. 무엇보다 일어나는 시간이 느긋합니다. 그 느긋함은 아침에 출근하면서도 이어집니다. 천천히 마당 한 번 둘러본 후 책방 문을 열거든요.

오늘 아침에는 진딧물이 붙은 해피트리 가지 몇 개를 잘라주고, 커다란 여인초 잎을 물수건으로 닦아주었습니다. 어제는 시누이 집에서 아레카야자 한 줄기 갖고 와 화병에 담았는데 아주 좋습니다. 문득 제 공간에 식물이 없었던 적은 한 번도 없었다는 생각이 들었습니다. 친정엄마를 닮은 거지요.

엄마는 늘 집에 뭔가를 키웠습니다. 그것은 돌아가실 때까지도 마찬가지여서 지금 키우고 있는 것 중 몇 개는 엄마가 키우던 식물도 있습니다. 큰 화분에 담긴 관음죽과 천사의나팔, 사랑초 같은 것들입니다.

제가 처음 화분을 산 때는 대학 시절이었습니다. 버스정류장 앞에는 작은 화원이 하나 있었는데 그곳을 구경하던 재미가 제법 쏠쏠했습니다. 당시 큰 화분은 살 엄두가 나지 않아 구경만 하다 아이비나 스킨답서스 같은 것들을 사곤 했지요. 기억으로는 당시 그런 화분 한 개 값이 1,500원이나 2,000원 정도였던 것 같습니다. 명동에 있던 클래식 음악 전문 커피숍 커피값이 500원이던 시절이고, 라면 한 그릇 값이 350원 하던 시절이었지요. 지금도 그렇지만 라면 먹고 비싼 커피를 마시는 것은 일종의 사치였지만, 어쩌다 한 번이 나를 살리는 힘이기도 했습니다.

아무튼, 저는 그때 스킨답서스 한 개를 사서 키웠는데 어찌나 잘 자라던지 그것으로 거실에 있던 내 서재(!)를 꾸몄습니다. 당시 언니와 같이 방을 쓰던 저는 거실로 나앉았습니다. 주방에 식탁이 들어서면서 더는 필요 없게 된 커다랗고 둥근 나무 상을 가운데 펴놓고, 사방을 책꽂이로 막아 공간을 만든 것입니다. 그리고 입구에 돌확을 놓았습니다. 돌확 위에는 스킨답서스를 올려놓았는데, 그것이 책꽂이 위를 타고 올라가면서 멋지게 장식을 했습니다.

그 서재를 떠난 것은 독립을 하면서였습니다. 스물일곱. 혼자 살고 싶었던 저는 집을 떠나기로 마음먹었습니다.

원룸을 하나 얻어 독립을 했지요. 직장을 다니면서 돈을 벌다 보니 조금 배짱이 생겨 벤저민고무나무를 한 그루 샀습니다. 얼마나 갖고 싶었던 나무인지, 방에 들여놓고 멍하니 그것만 바라볼 정도였지요. 그러나 그 방은 햇빛도 잘 들지 않는 방이었습니다. 식물이 자라기 위해서는 햇빛과 바람과 물이 기본이라는 것을 그때만 해도 잘 몰랐습니다. 결국 큰돈 주고 산 그 나무는 가지만 앙상한 채 버려지고 말았지요. 그러는 동안 아이비와 스킨답서스도 계속 한 개씩 사고, 죽였습니다.

2년쯤 지난 후 드디어 햇빛 쨍한 방으로 이사하자마자 저는 다시 스킨답서스와 아이비를 들여놓았습니다. 그것만 들여놓아도 방은 생기가 돌고 가득 찬 느낌이었습니다.

이윽고 아파트로 이사했을 때 큰 행운목을 비롯해 몇 개의 화초를 들여놓고 키우기 시작했습니다. 난 화분도 두어 개 들여놓았는데, 동향이었던 그 아파트에서 난은 제법 잘 자라 꽃을 한 번씩 피웠습니다.

그리고 결혼하던 해 큰 대만고무나무를 시부모님으로부터 선물받았습니다. 대만고무나무는 당시 좀 귀한 나무였는데, 제가 이 나무를 콕 집어서 선물받게 된 된 이유는 스승이 이 나무를 좋아했기 때문입니다.

학교 다닐 때, 그리고 학교를 졸업하고 한두 해 정도 저는 한두 달에 한 번 시를 써서 스승의 집을 방문하곤 했었습니다. 갈 때마다 빈손으로 갈 수 없어 저는 가끔 아이비나 스킨답서스를 들고 가곤 했습니다. 화초를 좋아하던 분이었거든요.

하루는 스승이 나무 하나를 들이고 보라 하는데 아주 근사했습니다. 그것이 바로 대만고무나무였습니다. 1994년 당시 가격이 7만 원. 이후 사람 불러 분갈이를 할 때마다 그만큼, 혹은 그보다 더 많은 돈을 주면서 분갈이를 했으니 30여 년 가까이 꽤 적잖은 비용이 들어갔습니다.

그리고 그때 아파트 입구에서 2,000원을 주고 산 파키라는 지금도 잘 자라고 있습니다. 햇수로 28년째. 만약 저것이 땅에서 자랐다면 크고 우람했을 텐데, 좁은 화분 속에서 살다 보니 제 맘껏 크지는 못했지요. 올봄에는 좀 더 넓은 화분으로 옮겨 심어줘야겠습니다.

식물을 키우다 보면 식물이 점점 많아집니다. 이곳으로 이사할 때 이삿짐을 옮기시는 분들이 차라리 버리고 다시 사라고 할 정도였습니다. 자잘한 화분이 많아 이사 비용이 많이 나와서 그런 말을 한 것이지요.

그러나 식물도 생명이라 키우다 보면 정이 듭니다. 많다고 해도 매일매일 물을 주면서 들여다보기 때문에 그 잎 모양 하나하나 다 압니다. 그러니 그걸 버릴 수는 없는 일입니다. 대놓고 말을 하지는 않지만, 하루종일 같은 공간에 있는 식물들이야말로 제 마음을 가장 잘 알지 않을까 싶기도 하고요.

제가 갖고 있는 꿈 중 하나는 작은 온실을 갖는 것입니다. 바닥은 땅 그대로 하고, 유리온실을 하나 만들어 식물들을 맘껏 자라게 하고 싶거든요. 꿈이 실현되기는 쉽지 않고, 지금 책방은 약간의 온실 효과가 있어 이것도 사실 감지덕지할 따름입니다.

아레카야자 한 줄기 담아 놓고 보니 좋아서 이런저런 식물 이야기를 늘어놓고 있습니다. 새로운 식물이 하나 들어오면 이렇게 또 좋답니다. 그리고 봄을 기다리느라 식물보다 내 몸이 더 근질근질합니다.

나이 들어가는
일에 대하여

친하게 지내던 두 선배가 있었습니다.

두 사람 모두 한두 달에 한 번, 길어야 서너 달에 한 번은 꼭
만나서 밥을 먹고 차를 마셨습니다. 광화문이나 인사동, 혹은
명동쯤에서.

일하던 시절, 상사였던 그들은 일을 떠난 후 내겐 더할 나위
없이 좋은, 친구 같은 선배가 되었습니다. 존경하고 사랑하는,
좋은 본보기로 나는 그들을 통해 많이 배웠습니다.

이곳에 들어와 살면서 자주 연락을 못했습니다. 한 번씩은
다녀갔지만 이곳을 다녀가는 것도 일이어서 만남이 쉽지 않았
습니다.

한 선배가 『시골책방입니다』를 인터넷에서 구매해서 읽었

다고, 좋다고 연락이 왔었습니다. 그날 이런저런 일로 저는 번잡했습니다. 후두염으로 고생한다는 내용도 있었지만, 심각하게 생각하지 않았습니다. 책 읽어줘서 고맙다는 정도의 문자로 안부를 끝냈습니다.

며칠 후 문자보다 목소리를 듣고 싶어 두 선배에게 전화했습니다. 통화하면서 나의 무심에 그만 미안해서, 얼마나 고통스러운 시간을 보냈을까 싶어 한참 말을 잇지 못하다 울다 그랬습니다.

한 선배는 후두염으로 5개월 넘게 고생하고 있었습니다. 그정도가 아침에 눈을 뜨면 또 하루를 살아낼 것이 막막했을 정도였다고 합니다. 응급실에도 실려가고, 불안증세가 심해 지금은 정신과까지 다닌다고 했습니다. 그런데다 오래 살던 주택을 처분하고 아파트로 이사를 하려고 했던 일이 사기를 당하는 바람에 그만 송사까지 걸렸다고 했습니다.

정신과 의사가 물었답니다.

"죽으려고 생각했어요?"

"네."

"실행에 옮기셨어요?"

"아니요. 내가 떠나면 남편이 혼자 있을 걸 생각해서 못했어요."

한 선배도 역시 5개월 넘게 아파서 고생했다고 했습니다. 처음엔 위경련. 열도 심했답니다. 혼자인 그 선배는 혼자 대학병원 응급실로 갔지만 코로나 시국이라 입원을 시켜주지 않아 응급실에만 있다 나왔다고 했습니다. 혼자 미음을 끓이면서 약을 먹는 동안 몸무게는 6킬로그램이나 빠졌다고 했습니다. 그는 워낙 마른 체형입니다. 거기에 그만큼이 빠졌다면.

샤워할 힘이 없어 며칠 샤워를 하지 못하고 거울을 봤을 때 스스로가 무서웠다고 말할 때는 저도 모르게 눈물이 나왔습니다. 코로나19 초기. 웬만하면 모든 걸 스스로 하던 사람이다 보니 그 상황에서 누군가에게 연락하기도 쉽지 않아 온전히 혼자 병치레를 감당했을 선배에게 너무나 미안했습니다.

나이 60이 넘은 여성들. 그만큼 살면서 이런저런 힘든 일도 많이 겪었지요. 그런데 두 사람 모두 말했습니다. 일생에 가장 힘든 시기였다고. 다행히 지금은 조금 나아져 이런 이야기도 할 수 있는 거라고. 그들이 보낸, 보내고 있을 절망의 시간들 앞에서 어떤 위로를 해야 할지 몰랐습니다.

하루를 사는 것이 아니라 '살아낸다'는 것. 이런저런 일들이 마음을 무겁게 합니다.

날씨는 너무나 화창하고 바람은 선선합니다. 안에 있을 수 없어 자꾸 바깥으로 나가 이곳저곳을 기웃거립니다.

14.

동화된다는 것에
대하여

일요일 오후. 조용한 책방에 나이 좀 든 분이 혼자 오셔서
차 한 잔을 주문하고 앉았습니다. 그분은 창밖을 보고, 저는 자
리에 앉아 일을 하고 있었습니다.

"좋은가요?"

어르신께서 물으셨습니다.

"네. 그 자리에서 바라보는 풍경이 정말 좋으시지요?"

그분이 말씀하셨습니다.

"동화되었으니 좋은 거지요."

동화라는 단어가 마음에 순간 들어왔습니다. 제아무리 좋
은 것도 내 안에 들어와 내 것이 되지 않으면 좋을 수 없다는
것을 깨닫는 순간이었습니다.

소나무 숲이, 백일홍 꽃밭이, 수레국화 꽃밭이 아름답습니다. 비가 와서 개울에서는 종일 물 흐르는 소리가 나고, 하늘도 아름답습니다. 흐리면 흐린 대로, 비가 오면 비가 오는 대로, 맑으면 맑은 대로.

이곳에서의 생활이 이제 불과 2년 넘었는데 아주 오래된 것 같은 느낌입니다. 그럼에도 매일 새롭습니다. 그것이 이곳과 내가 동화되었기 때문이구나, 비로소 알았습니다.

밤에 또 비가 왔습니다.

지금은 흐립니다.

나무들이 마를 새 없습니다.

물을 머금은 나무들이 시커멓습니다.

나무 사이 이끼가 삽니다.

살아 있는 것들이라서 저들끼리 몸을 맞대고 있습니다.

15.

시골에
산다는 것

어제는 시내에 다녀왔습니다. '시내'라는 말은 지방에서 사는 사람들이 하는 말이라고 누군가 그러더군요. 그 말이 어떤 말인지 시골에 살면서 공감했습니다. 서울을 떠나 살면서 '시내 나간다', '서울 간다'는 말을 쓰기 시작했습니다.

제가 사는 지역의 시내에 나갔다 밥을 좀 먹으려고 큰 건물에 들어갔습니다. 그곳에서 한참 헤맸습니다. 깔끔하고, 반짝거리고, 트렌디한 것들. 차림새는 좋으나 맛은 그닥 없는 음식을 먹고 나오면서 헤매느라 공연히 기가 죽었습니다. 고속도로에서 씽씽 달리는 차들을 앞으로 보내면서 밤 운전도 조심해야겠다 싶었습니다.

깜깜한 마을 길로 들어서자 비로소 안심이 됐습니다. '집'이 있는 곳이라는 안심. 누구에게나 집은 안심할 수 있는 공간입니다. 여행이 좋은 곳은 돌아올 수 있는 집이 있기 때문이지요.

함께 시내에 나갔던 아들이 말했습니다.

"시골이 좋다고 계속 안에만 있지 말고 일부러 밖에도 나가세요."

그래서 대답했습니다.

"그래도 서울 명동이나 광화문, 종로, 합정동 같은 곳은 훤히 잘 안다."

아들이 웃으며 말했습니다.

"그게 '라떼'예요."

민망해서 웃었습니다. 나 때는 말이야, 나도 한때는 말이야가 무슨 소용 있겠어요. 현재가 중요하죠. 하루가 다르게 변하는 세상에서 내가 알았던 그곳들도 나가면 낯설 것입니다. 이젠 시골 사람이 다 됐습니다.

그래도 오늘 아침에는 목수국과 메타세쿼이아를 잘라 화병에 꽂았습니다.

이런 호사를 시내에서는 누릴 수가 없지요.

3장

생활이 좀 호사스럽습니다

1.

지적 허영과
지적 허기 속에서

한 책방에 가서 북토크를 하던 중 한 사람이 물었습니다.

시간이 없고 다른 볼거리도 많고 한데 오래 책을 읽은 이유는 무엇인가요.

책을 오래도록 읽었다는 말을 한 끝에 나온 질문이었습니다. 그런데 책을 '오래' 읽었다는 것이 맞는 말일까 싶었습니다. 책을 놓지는 않고 나이를 먹었으니 오래 읽은 것은 맞지만, 책을 '많이' 읽은 걸까 하는 생각이 들었습니다. 장서가도 아니고, 다독가도 아닌데. 그러다 그의 질문에 답하다 문득 튀어나온 말이 '지적 허영'이라는 말이었습니다. 한 번도 생각하지 않은 말이었습니다. 내가 책을 읽는 것이 지적 허영에서 비롯된 걸까, 말을 하면서도 생각했습니다.

책 읽기는 즐거움이기도 하지만 일종의 도피처이기도 하다는 생각을 많이 했습니다. 특히 저의 독서는 주로 소설책과 시집이었으므로 그 속으로 들어가 '읽는' 동안은 즐거웠고, 현실에서 벗어날 수 있었습니다.

생활을 위해 일을 하면서도 사람들이 다 읽는 책이 아닌, 좋은 책을 찾아 읽으려고 했습니다. 책이란 게 어느 날 갑자기 읽고 싶어지는 책 목록이 만들어지는 게 아니지요. 이 책을 다 읽으면 다른 책으로 저절로 옮겨갑니다. 좋은 소설을 한 편 읽으면 그 작가 것을 찾아 읽거나 그 출판사에서 나온 다른 작가 책을 읽어가는 식이지요. 신문이나 잡지에서 좋은 서평을 보면 그것을 찾아 읽고, 읽은 책 속에서 책이 나오면 또 찾아 읽고 그런 식입니다. 물론 일을 위해 책을 읽는 것은 제외합니다.

지적 허영이란 말을 하고 보니 또 튀어나온 말이 '나는 너희와 다르다'라는 말이었습니다. 이건 또 무슨! 그런데 또 말이 이어졌습니다.(생각하고 말해야 하는데, 말이 먼저 튀어나왔습니다.)

젊은 시절, 생활을 위해 일을 하면서도 오랫동안 제 마음속에는 문학에 대한 갈망이 있었습니다. 문학을 하지 않고 잡문을 쓰는 나를 스스로 낮추기도 했습니다. 문학을 하는 친구들 곁에서 주눅이 들었던 것도 사실입니다. 일종의 문학 병을 앓았던 것입니다.

그러다 보니 직장 사람들과도, 문학을 하는 사람들과도 섞이지 않는, 스스로 아웃사이더라고 생각했습니다. 그러면서 제가 찾아 읽었던 것은 역시 소설과 시였고, 철학, 사회과학 등 인문학 등으로 그 범위가 조금 넓혀졌습니다. 제가 이인성의 『미쳐버리고 싶은, 미쳐버리지 않는』이나, 미셸 푸코의 『이것은 파이프가 아니다』, 아서 니호프의 『사람의 역사』를 읽고 있을 때 옆자리에 앉아 있던 동료들의 말과 눈빛은 지금도 생생합니다. 그러면서 생각했습니다. 난 너희와 달라. 내가 언제까지 잡문만 쓸 건 아니야. (그런데 이상한 일입니다. 저 책들은 다 어느 한 시절입니다. 다른 시절은 다 생각나지 않고 왜 그 시절만 생각나는 걸까, 조금 이상한 일입니다.)

따지고 보면 지적 허영이 아닌, 지적 허기였다는 생각이 듭니다. 지적 허영은 그 책을 구입하는 데서 그치는 것이고, 지적 허기는 그 책을 읽는 행위로 이어지는 것이기 때문입니다. 물론, 제가 『이것은 파이프가 아니다』를 다 이해한 것은 아닙니다. 김현 선생님이 번역한 책이고, 르네 마그리트의 같은 제목의 그림이 올라온 것, 그리고 르네 마그리트의 그림을 푸코가 이야기한 것만으로 구입했던 기억이 날 뿐, 내용은 기억도 나지 않습니다.

그 책뿐 아니라 책을 읽는다고 다 이해한 것도 아닙니다. 지금도 그렇지요. 나의 그릇만큼 받아들일 뿐입니다. 그런데 분명한 것은 책을 읽을수록 마음이 풍족해진다는 것입니다. 좋은 전시회에서 느끼는 풍족함, 좋은 음악회에서 느끼는 풍족함 같은. 그런데 그것은 누가 좋다고 하니 좋은 것이 아닌, '내가 느껴야' 좋은 것이지요. '나'는 저마다 다른 '나'이므로 좋은 지점도 다를 수밖에 없고요.

그러나 책을 '많이' 읽었다고는 말할 수 없습니다. 지금도 마찬가지입니다. 나 읽고 싶은 대로 잡다하게 틈틈이 읽을 뿐입니다. 시골에 책방이랍시고 차려놓고 매일 새로운 책을 바라보는 지적 허영을 부리면서, 짬짬이 그 책들 중 하나를 골라 읽고 지적 허기를 때우면서 말입니다. 어쩌면 책방을 하는 것도 나의 이런 허영심과 허기에서 비롯됐는지도 모르겠습니다.

2.

바라보는
즐거움

"한꺼번에 버리려면 골치 아플 것 같아 가끔 한 개씩 깨서 버린다."

항아리들을 감탄하며 바라보자 시아버님이 하신 말씀입니다. 당시 시댁 옥상에는 크고 작은 항아리들이 놓여 있었습니다.

"무슨 말씀이세요. 언젠가 제가 갖고 갈 테니까 이젠 절대 깨지 마세요."

결혼 초기. 전 아직 젊었고, 아파트에 살고 있었습니다. 항아리들을 언제 갖고 오나 생각할 새 없이 살았습니다. 그래도 집에는 작은 항아리와 옹기가 있었습니다.

1990년, 충남 서산의 옹기장을 인터뷰한 적이 있었습니다.

그가 만든 작은 항아리와 옹기그릇 몇 개를 갖고 와 마치 작품을 바라보듯 바라봤습니다. 냉장고에 들어갈 수 있는 조금 납작한 항아리를 구입, 김치를 담가 냉장고에 넣고 먹기도 했습니다. 젊었을 때라 무거운 줄도 모르고 꺼냈다 들여놓았다 했지요.

친정엄마가 젊은 시절 부엌에서 사용하던 간장 항아리, 약탕기 등도 어느 날 제게로 왔습니다. 제가 아직 초등학교도 들어가기 전, 시골 할머니 집 부엌에서 봤던 약탕기와 간장 항아리 들과 찬장 속 큰 사발들도 엄마 부엌에서 제 주방으로 옮겨 왔습니다. 그것들을 볼 때마다 시골 할머니 집의 어둑한 부엌, 큰 나무찬장, 비질 자국이 선명한 흙바닥이 떠오릅니다.

깔끔한 엄마는 당신 살림살이들을 반질반질하게 가꾸고 살았습니다. 사용하지 않아도 매일 가꿨던 살림살이들을 엄마는 언제부턴가 하나씩 나눠줬습니다. 오래된 것들을 좋아하는 제게 엄마는 당신이 젊은 시절 쓰던 명주 스카프 같은 것들도 줬습니다. 늙어가는 엄마가 주는 것을 받아올 때는 기분이 마냥 좋지만은 않았습니다.

"엄마가 더 써."

"이젠 안 써."

엄마는 생전에 그렇게 많은 살림들을 정리하셨고, 깔끔하게 떠나셨습니다.

가끔 작은 항아리에 담긴 된장이나 고추장을 선물 받았습니다. 그것들도 버릴 수 없어 모았습니다. 그러다 보니 작은 옹기들이 제법 모였습니다. 그런 것들을 거실 한쪽 테이블에 쭉 늘어놓고 오래 바라봤습니다. 그릇의 용도로 쓰기보다 바라보는 즐거움이 더 컸습니다. 때로는 꽃을 꽂기도 하고, 때로는 도토리를 주워 놓기도 했습니다.

이곳으로 이사하면서 드디어 시댁의 항아리들을 갖고 왔습니다. 친정엄마가 쓰던 항아리들과 시댁의 항아리들이 모여 아름다운 장독대가 만들어졌습니다. 각각의 항아리에는 친정엄마와 시어머니의 이야기가 있을 것입니다.

어느 날 아이들이 커서 김장을 더해야 하는데 항아리가 너무 작아 배추를 절여놓고 달려가 큰 항아리를 사 왔다든가, 땅에 묻었다 꺼내느라 고생했다든가, 어느 봄날 황석어를 짝으로 사다 젓갈을 담갔다든가 하는 이야기들. 이야기는 더 이상 이어지지 않습니다. 제게로 와서 친정과 시댁의 항아리로 다시 시작되지만, 이야기는 만들어지지 않습니다. 사용하는 것과 바라보는 것의 차이입니다.

지난봄, 이웃 어르신이 우리를 불렀습니다. 어르신은 본가가 이곳이긴 하나 서울에서 자라고 생활했다고 했습니다. 그러나 부모가 결혼하면서 짓고 살았던 집을 물려받아 서울 생활을 하면서도 집을 가꾸고 지켜왔다고 했습니다. 우리가 이사 오던 이태 전까지만 하더라도 자주 이곳에 내려오셔서 마을 일을 보기도 했던 어른은 거동이 불편해 요즘은 일 년에 한두 번만 오십니다.

어르신은 집에 항아리가 있는데 주고 싶다며 우리를 마당 한쪽으로 데리고 갔습니다. 큰 항아리들이 여럿 있었습니다. 어르신은 그중 세 개를 고르시더니 갖고 가라고 하셨습니다. 이 귀한 걸 갖고 가도 되나 어쩌나 망설이는데 어르신이 말씀하셨습니다.

"내가 전부터 주고 싶었어요. 얼른 갖고 가요."

시골에 들어와 책방을 하면서 사는 것이 예쁘고 기특해 보였다고 하셨습니다.

항아리는 너무 컸습니다.

"우리 아버지가 결혼해서 제금날 때 할아버지가 사주신 거예요. 쌀 다섯 가마가 들어가요."

쌀 다섯 가마를 넣는 항아리를 아들의 첫 살림에 보태준 아버지. 만석꾼만이 할 수 있는 일입니다. 80이 넘은 그 만석꾼의

손자는 마음이 만석꾼 어른이십니다. 마을 일을 하던 시절에는 이 동네에서 가장 존경을 받았다고 합니다.

굴리고, 간신히 차에 실어 온 항아리들을 갖다 놓고 바라봅니다. 쌀 다섯 가마를 넣을 수도 없고, 장을 담글 수도 없는 저는 바라보는 게 일입니다.

3.

이 좋은 날을

긴 장마, 태풍 그리고 코로나19로 인한 팬데믹 시대.

아침에도 한바탕 비가 쏟아지더니 하늘이 너무 맑습니다.

너무 맑아 실감나지 않습니다.

하늘과 구름과 바람.

아름다운 순간들을 마음껏 누려야지.

공연히 왔다갔다.

바람 소리를 듣고,

개울물 소리를 듣고,

수크렁도 가만 만져보고.

그러다 내년에는 수크렁 군락을 만들어봐야지 생각합니다.

4.

빗속의 음악회

종일 비가 오락가락했습니다. 사회적 거리 두기 2.5단계. 음악회는 이전에 준비됐고, 신청자도 그리 많지 않았습니다. 연주자들과 고민 끝에 시간을 바꾸고, 장소도 야외로 바꾸었습니다. 일일이 연락하고, 취소하는 사람에게는 환불했습니다.

야외 콘서트는 처음. 스피커가 마음에 걸렸습니다. 폭우로 부서진 집을 수리하는 데 큰돈이 들어가는 터였습니다. 그래서 대충하고 싶었습니다. 남편은 그러나 스피커를 구입했습니다. 스피커값을 벌려면 대체 커피를, 책을 얼마나 팔아야 하나. 그래도 막상 스피커를 연결하고 소리를 들으니 좋았습니다.

아침부터 비가 왔습니다. 그칠 줄 알았습니다. 조금 그쳤다 싶었을 때 리허설을 했습니다. 테너 이동욱, 바리톤 안준원. 두

성악가가 노래를 불러대니 개가 짖어댔습니다. 노래하는 이들이 깜짝 놀라 달려왔습니다. 노랫소리와 개 짖는 소리가 함께 나면 어떡할까 걱정됐지만, 리허설 동안 개도 익숙해질 테니 괜찮아질 거라고 했습니다. 예쁜 민소매 원피스를 입은 피아노 반주자를 모기가 물어댔습니다. 모기향을 여기저기에 피웠습니다.

그런데 결정적인 문제가 생겼습니다. 전자오르간과 스피커를 연결하는 잭이 없었습니다. 진작 챙겨야 했는데 아침부터 페인트통 치우기 등 공사 흔적을 치우는 데도 바빴습니다. 아직 집수리가 끝나지 않았기 때문입니다. 페인트칠하는 사람들은 9시에 왔다 그냥 돌아갔습니다. 비가 와서 공사를 계속할 수 없었습니다. 스피커를 연결하고, 의자를 닦아 자리를 만들고. 사회적 거리 두기, 객석과 무대는 멀리. 가족 단위로 떨어져 앉기.

드디어 연주가 시작됐습니다. 간간이 비가 내렸습니다. 남자 성악가 두 사람이 혼자, 혹은 같이 오페라 아리아도 부르고 민요도 불렀습니다. 이해를 돕기 위해 테너 진세헌 선생은 마이크를 잡고 해설을 했고, 기록을 위해 바리톤 박세훈 선생은 영상 촬영을 했습니다.

그런데 점점 비가 더 많이 왔습니다. 사람들은 우산을 꺼내

들었습니다. 비가 온다고 자리를 뜨는 사람은 없었습니다. 유명 뮤직 페스티벌 축제 때나 볼 수 있었던 풍경입니다. 순간 이게 뭘까 싶었습니다. 빗속에서 노래하는 사람들. 빗속에서 노래를 듣는 사람들. 눈물이 핑 돌았습니다. 비가 오고, 시냇물 소리가 나고, 가끔 개가 짖고, 새가 지저귀고. 이런 순간들 때문에 살아가는 힘이 생기는구나 싶었습니다.

연주회가 끝나고 사람들이 모두 돌아간 후, 전자오르간과 스피커 등등을 정리해서 안으로 들이느라 계단을 수없이 오르내렸습니다. 저녁 무렵 남편은 다리에 상처가 크게 났습니다. 상처를 돌볼 새가 없었습니다. 오늘 일정은 한 달 전 프로그램을 연기했던 것. 내일은 예정했던 발코니 음악회입니다. 어쩌다 보니 연이어 음악회를 하게 됐습니다. 내일은 꼭 잭이 필요해 남편은 여기저기 알아보다 늦은 저녁을 먹고 한밤에 서울로 갔습니다.

시골책방 마당에서 우산 쓰고 음악을 들었습니다. 누군들 잊을 수 있을까요. 이런 순간들이 모여 결국 인생이 됩니다. 또 하루를, 코로나19 속에서 살아냈습니다.

5.

수재의 연금

"딱 5분만 시간 내줄래요?"

어제 음악회에 참가했던 분이 낮에 찾아오셨습니다. 가끔 책을 주문해서 구입하고, 음악회는 거의 매번 오시는 마을 분입니다

"내가 어제 음악회를 보는데 자꾸만⋯, 무너진 집과 수리를 하느라 얼마나 고생했을까 싶고⋯, 일을 얼마나 많이 했을까 싶고⋯, 남편과 내가 너무 마음이 아팠어요."

눈시울을 적시며 말씀하시는 바람에 저도 덩달아 그럴 뻔했지만 괜찮아요, 잘 지냈어요, 라는 말만 연거푸 했습니다. 물론 생글생글 웃으면서.

"난 일 안 하는 사람이니까 괜찮은데 두 사람은 너무 열심히

하잖아요. 내가 처음부터 봐온 데다 시골살이가 어떤지 알다
보니 여길 둘러보면 두 사람이 얼마나 애쓰는지 알겠어요. 그
러다 지쳐서 손들고 나가면 어떡하나, 이 동네 와서 이렇게 좋
은 일을 많이 하는데 힘들어 그만두면 어쩌나. 우리야 좋지만,
적당히 해요."

조금씩 제 눈이 젖어들기 시작했습니다. 괜찮다, 괜찮다 하
면서도 왜 마음고생을 하지 않았겠어요. 그러나 어차피 살아
낼 것, 힘들다 하는 말보다 괜찮다, 좋다를 연발하며 지내는 게
좋지요.

"내가 어젯밤에 잠을 못 잤어요. 얼마 되지 않지만 그냥 벽
돌 몇 장 값이라 생각하고 받아주세요. 수재의연금이라 생각
해도 좋고."

봉투를 내미는데 그만 꾹 참았던 눈물이 나왔습니다. 그분
은 어제 말했습니다.

"이 사람들이 여기에 책방을 차린 걸 보고 난 미친 사람이라
고 생각했어요."

어제 오셨던 다른 분도 말했습니다.

"제정신을 갖고 하기엔 쉽지 않은 일을 하시네요."

누구를 위해 하는 일은 아니지요. 솔직히 지금껏 저는 저를
위해 살아왔고, 지금도 저를 위해 살고 있습니다. 그러니 거창

하게 이곳에서 문화 활동을 한다는 것은 더더욱 아니지요. 내가 따뜻하게 살고 싶고, 내가 즐겁게 살고 싶어서 벌이는 일들. 다만, 혼자 노는 것보다 같이 노는 게 좋을 뿐입니다. 같이 놀자 해도 아무도 오지 않으면 외로울 텐데, 기적처럼 같이 놀아주는 사람들이 있으니 오히려 고마운 일이지요.

거기에 수재의연금까지 내미는 이웃도 있습니다! 정말 자랑을 아니할 수 없네요.

6.

함께 늙어가는
책방

매주 월요일 오전 독서 모임을 합니다. 처음 두세 명으로 시작했던 모임이 이제는 열 명까지 모이기도 합니다. 시골마을이다 보니 가까운 곳에 사는 이보다 대부분 먼 곳에 사는 사람들입니다. 가장 가까운 이가 15분 거리, 가장 먼 곳에서 오는 사람은 서울에서 옵니다. 그는 1시간 반이 걸려 옵니다. 이곳까지 오는 이유는 무엇일까. 그들은 이렇게 말했습니다.

"나는 월요일을 기다려요. 이곳에 오면 에너지가 생기고, 기분이 좋아집니다. 이곳이 주는 에너지, 책방주인이 주는 에너지를 받고 갑니다."

"나는 책방과 불과 15분 거리로 이사해서 살고 있습니다. 이사하기 전, 이곳을 알게 됐고 이곳에서 내가 좋아하는 작가의 동네서점 에디션을 구입했어요. 내가 사는 동네에 동네 책방이 있다는 것이 너무 좋습니다. 사람들이 시골에서 불편해서 어떻게 사느냐고 할 때마다 나는 뭣도 있고 뭣도 있고 말하는데, 꼭 빼놓지 않고 하는 말이 우리 동네에는 책방도 있다고 말합니다. 내가 언제나 갈 수 있는 책방이 있고, 책방주인이 반겨준다는 것이 내 삶에 안정감을 줍니다. 터줏대감처럼 오래 지속할 수 있는 책방, 함께 나와 늙어가는 책방이 됐으면 좋겠습니다."

"이곳은 마치 일상의 도피처, 벙커 같은 곳입니다. 오래된 나무처럼, 붙박이처럼 오래 있었으면 좋겠어요."

"일 년 넘도록 시골책방을 아이와 함께 다니면서 도시에서는 볼 수 없는 풍경을 보는 것만으로도 저는 족합니다. 물론 시골책방에서 누리는 문화 혜택은 이루 말할 것도 없고요."

시골책방을 찾는 이에게 저는 곧잘 어떻게 알고 왔느냐고 묻습니다. 처음에는 찾아오는 게 신기해서 물었던 물음입니다. 물론 지금도 어떻게 알고 왔을까 신기해서 묻곤 하는데, 그 물음에는 찾아와주는 고마움이 포함돼 있습니다. 어디서 왔느냐고 물을 때도 많은데, 그 역시 가까운 곳이면 이웃이라 반갑고, 먼 곳이면 그 먼 곳에서 찾아와줘서 고맙기 때문입니다.

독서 모임, 글쓰기 수업, 이런저런 강연과 콘서트. 다 저마다 다른 목적으로 찾아옵니다. 그러나 가끔이 아닌, 정기적으로 찾아오는 이들에겐 이곳이 더욱 각별할 수밖에 없습니다.

책방이 이래야 한다, 저래야 한다는 생각 없이 그냥 이렇게 저렇게 해나가고 있습니다. 그러다 보니 시간이 흐르고, 이곳에서 오래 책방을 한 것처럼 살아갑니다.

책방을 찾는 이들의 마음을 들여다보고 나니 민망하고 고맙고, 또 고마웠습니다. 그러나 제가 그들을 위해 어찌어찌해야지, 하면 제가 힘들어집니다. 저는 저대로의 생활을 해나가면 됩니다.

제 꿈은 여전히 신간 읽는 할머니입니다. 할머니가 되어서도 이 책방을 지키고 싶습니다. 그래서 동네 사람은 물론 먼 곳에 있는 이라도 언제나 문을 열고 들어올 수 있도록 이곳을 가꿔나가고 싶습니다. 운 좋게 지금까지도 잘 살아왔는데, 신간 읽는 책방 할머니 꿈이야 이룰 수 있지 않을까요. 신간 읽는 할머니와의 독서 모임을 하는 그날까지, 오늘처럼 살아야지요.

7.

참 좋은 소설

    최진영의 『이제야 언니에게』를 독서 모임에서 읽고 이야기를 나누었습니다. 이 책을 선정한 첫 번째 이유는 '최진영'이기 때문이었습니다. 이 좋은 작가를 사람들이 알았으면 싶었습니다.

    두 번째 이유는 '문장' 때문이었습니다. 글쓰기 수업을 하면서 단문으로 쓰라고 이야기합니다. 형용사를 쓰지 말라고 이야기합니다. 아프다고 쓰지 말고, 아픔을 느끼게 쓰라고 이야기합니다. 이 책은 그런 면에서 아주 좋은 텍스트가 됩니다.

    세 번째 이유는 성폭력에 관해서 이야기를 나누고 싶었습니다. 유명 인사의 성폭행 뉴스는 뉴스로 지나칩니다. 여자가 무슨 문제가 있겠거니, 생각하기도 합니다. 가십거리로 삼는 경우도 많습니다.

그러나 소설은 그렇지 않습니다. 아프다고 소리치지 않아도 그 아픔이 고스란히 전해집니다. 독서 모임에서 사람들이 말했습니다.

"뉴스의 성폭행 사건이 비로소 이해가 된다."

"온몸이 예민해져서 책을 읽다 울었다."

"스스로가 피해자임에도 불구하고 내가 잘못했나, 생각하는 주인공이 안타까웠다."

"소설가의 역할에 대해서 생각하게 했다."

"누군가를 일으켜 세워주는 어른다운 어른이 되어야겠다 생각했다."

"최소한 자식 자랑이나 다른 자식 험담하며 늙어가지는 않으리라 생각했다."

예전에 비하면 많이 좋아졌다고 합니다. 그러나 우리는 아직도 피해자에게 따가운 시선을 보내고, 남자들이 그럴 수도 있지라고 말합니다. 특히나 소위 성공한 남자일수록 그렇습니다. 사회적으로 성공했다는 이유로 그런 것을 누려야 한다고 생각하기까지 합니다. 그래서 국내외를 막론하고 유명 인사의 성폭행 사건이 일어납니다.

그러나 세상이 다 아는 인물이 아닌, 소설 속 제야처럼 '친절한' 아저씨에게 당하는 일도 많습니다. 그 친절한 사람들은 피해자가 모르는 이들이 아닙니다. 그리고 피해자들은 모두 그보다 약자들입니다. 피해자에게 이렇게 말할 수 있는 사회가 되어야 합니다.

'네 잘못이 아니야. 숨지 마. 그놈 잘못이야. 숨을 놈은 바로 그놈이야!'

그래서 '그놈'이 고개를 들지 못하는 사회가 되어야 합니다.

『이제야 언니에게』는 그것을 조용히, 강력하게 깨우치게 합니다. 소설의 힘입니다.

8.

묵은지 같은
글

　책방에서 글쓰기 수업을 합니다. 20대 젊은 친구부터 50대 후반까지 연령층이 다양합니다. 이들의 글을 읽다 저는 곧잘 눈물을 흘립니다. 글을 읽다 보면 글 속으로 쑥 들어가 등 돌린 엄마의 모습도 보고, 가장 노릇을 하지 못하는 남편도 보고, 늙은 아버지도 봅니다.

　아직 어린아이들을 키우는 젊은 엄마들의 글을 읽다가도 그렇지, 그렇지를 연발합니다. 주변 드센 엄마들 때문에 상처 받은 이야기를 읽다 보면 같이 분개하면서, 이런 'x가지' 없는 것들이라고 한바탕 화도 냅니다.

　정한 시간은 1시간 30분이지만 2시간쯤은 훌쩍 넘깁니다. 그래서 그들이 가고 나면 목도 아프고, 진이 빠집니다. 어떤 날은 하도 눈물을 흘려서 눈이 아프기까지 합니다. 내가 이런데 글을 쓴 사람은 오죽할까.

그들은 자신들이 쓴 글을 읽다 멈춥니다. 그 멈춤의 시간에 우리는 그의 아픔에 함께 들어갑니다. 그가 추스르고 다시 글을 읽으면 우리도 허리를 곧추세우고 다시 그를 따라 들어갑니다. 글을 쓴 사람은 한 시절의 상처를 그렇게 치유하고 돌아갑니다.

글이란 게 별 게 아니어도 별것입니다. 글을 쓰기 위해서는 생각을 해야 하고, 그 생각을 정리해야 하고, 그것을 글로 옮겨 적어야 합니다. 마음에 상처가 없는 사람은 세상에 없지요. 특히 어린 시절의 상처, 부모와 형제로부터 받은 상처는 오래오래 묵혀 있어 그것이 상처인 줄도 모르고 살아갑니다. 그러다 어느 날 무슨 일인가 생겼을 때 그것이 툭 터져 나옵니다. 그래서 말을 좀 해보고 싶은데, 누구에게 말하는 것이 참 구차하지요. 또 세월이 지나 나이를 먹다 보니 이해가 되기도 하고. 그런데, 그래도 내 마음에 답답함이 있습니다. 내 마음에 상처가 있습니다. 그것을 풀어내기 위한 방법의 하나가 글쓰기가 아닐까 싶습니다.

에세이는 그 어떤 것보다 그것을 그대로 드러낼 수 있습니다. 시도 조금은 숨을 수 있고, 소설도 주인공이나 등장인물들을 통해 숨을 수 있습니다. 그러나 에세이는 숨을 곳이 없습니다. 어쩌면 그래서 더 어려울 수 있습니다. 그러나 에세이만큼 상처를 치유할 수 있는 글도 없습니다. 그렇게 충분히 자기를 털어놓고 나면 글로 주변을, 세상을 바라볼 수 있는 세계가 열립니다. 그 후 자기로부터 벗어나 새로운 글쓰기가 시작되는 것입니다.

며칠 전 한 사람이 말했습니다.

"너무 아파서 글을 쓸 수가 없었어요."

그는 글을 쓰기 위해 언니들과 이야기를 한다고 했습니다. 옛날 기억을 보다 정확하게 하기 위해서인데, 새로운 사실을 알고 나서 몹시 힘들다고 했습니다. 쉽지 않은 작업이지만, 그렇게 자꾸 끄집어내는 것은 일종의 치유 작업이 됩니다. 그러나 갑자기 맞닥뜨린 사건 앞에서 글을 쓰기란 쉽지 않지요.

"익히세요. 겉절이는 순간 맛있지만 어설프게 익은 김치는 맛이 없잖아요. 묵은지처럼 안에서 푹 익혀서 다시 꺼내세요."

커피를 내리다 저도 모르게 툭 튀어나온 말이었습니다.

상처받은 일을 글로 옮기는 건 쉽지 않습니다. 당장의 상처는 분노와 아픔, 그리고 끝에는 스스로에 대한 연민이 남습니다. 글로 옮길 즈음에는 조금은 객관화시킬 수 있습니다. 글을 쓰는 것은 온전히 자기만의 세계에서 자기만의 시간으로 들어가기 때문입니다.

누군가를 가르쳐본 적이 없어서 글쓰기 수업을 망설였던 저로서는 스스로 놀라운 발견을 하곤 합니다. 책에서 읽지 못하는 진짜 이야기들을 만나면서 제가 배우는 것이 너무 많기 때문이지요. 사실 책은 편집 과정을 거쳐 '상품'으로 나온 것입니다. 이들의 글은 그런 과정을 거치지 않은 '생 얼굴' 같은 것입니다. 그러니 때로는 속옷만 입은 채, 상처 그대로 만납니다. 그러니 더욱 와닿을 밖에요. 뿐만 아니라 가르치는 게 아니라, 함께하는 일이라 생각하니 즐겁고 좋기만 합니다. 다행히 남의 글을 만지는 일을 오래 했으니 소위 '지적질'하는 것은 일도 아니고요.

나이 들어 배우는 일은 속도가 빠릅니다. 절실함이 크기 때문이기도 하고, 그만큼 무르익었기 때문이기도 하지요. 언젠가 이들 모두에게 책을 한 권씩 안기고 싶습니다. 책을 만드는 사람이니 그런 욕심도 부려봅니다. 물론 책으로까지 만드는 건 쉽지 않은 일이지만, 그래도 욕심이 자꾸 많아집니다.

9.

겨울 정원

햇살이 좋은 날. 겨울 정원 풍경이 좋아 어슬렁댑니다. 겨울 정원엔 아무것도 없다고 하지만 그럴 수는 없는 일. 모두 살아 있는 것들입니다. 붉은 남천을 보는 것도, 씨앗을 잔뜩 맺은 아욱을 보는 것도, 잎도 떨구지 않고 있는 도라지를 보는 것도, 마른 꽃을 그대로 달고 있는 목수국도 다 좋습니다.

소나무숲은 언제나 그대로입니다. 그러나 소나무 역시 언제나 그대로일 수는 없지요. 매일 자라고, 매일 바람에 흔들립니다. 우리가 하루하루를 살아내는 것처럼 저들도 살아냅니다. 뿌리가 뽑히지 않는 한.

삶이 뿌리째 흔들릴 때가 있습니다. 그 순간, 살아갈 힘을 잃지요. 그런데 죽을 듯한 그 순간들이 지나면 또 살아집니다.

가족은 그렇게 흔들릴 때 버팀목이 됩니다. 그러나 누군가에게는 그 가족이 지옥이 되기도 합니다. 아버지가 죽고 나서야 비로소 아버지를 찾아 나서는 이수경 소설집 『자연사박물관』의 주인공처럼. 그러나 그 아버지 역시 이전의 지옥 같은 가족의 희생물일 뿐이지요.

그 순간순간들, 지옥을 건너야 하는 시간들. 죽어야 끝나는 시간들. 순간을 지나버리면, 순간은 죽은 시간이 됩니다. 매일 순간을 건너뛰면서 살아야 한다면, 그렇게 살 수 있다면 아프지 않을까요?

누군가 제 삶을 뿌리째 흔들었다고 생각했던 적이 있습니다. 오래 힘들었습니다. 문제는 제가 그를 좋아한다는 것이었습니다. 심지어 보고 싶었습니다. 속된 말로 오지랖 넓게 그를 챙긴 시간들이 그리워지기까지 했습니다. 그러니 더 저를 흔들었겠지요. 그러나 그리워한다는 것은 그를 그리워하는 것이 아니지요. 그와 함께 있었던 그 시절의 제가 그리운 것이지요.

얼마 전 그가 책을 낸 것을 알았습니다. 그 시절이 온전히 다시 살아났습니다. 힘들었습니다. 책을 주문했습니다. 그러나 읽지 않기로 했습니다. 막상 책을 받아들고 보니 저를 보호해야겠다는 생각이 들었습니다. 그의 책을 읽다 보면 그의 시간으로 들어가게 되고, 그러다 보면 그와 함께 고통스러웠던 순간을 만나게 될 것 같았습니다. 나는 나의 시간을 살아가야 하는데 말입니다.

겨울 정원을 어슬렁댑니다. 달리면서 살아갈 때 이렇게 어슬렁대고 살아갈 날이 있을까 했는데 살아가고 있습니다. 살아 봐야 아는 것들. 누군가 귀에 못이 박이도록 알려줘도 내가 살아 보지 않으면 모르는 삶. 다 지나간다고 해도 지날 때는, 지나가는 순간에는 그 말이 들어올 수가 없습니다. 그러니 인생이, 삶이 저마다 다를 수밖에 없고 각자의 모습대로 살아가는 것이겠지요. 겨울 정원에서 살아있는 저것들처럼,
오늘의 햇살만큼, 오늘의 바람만큼 맞으면서 사는 것. 그러다 눈이 오면 눈을 맞고, 비가 오면 비를 맞고. 봄이 되면 그제야 말하겠지요. 어머, 이것들이 살아 있었네라고. 그럼, 살아있지. 그러니 겨울 정원에서 오늘도 살아가는 것이지.

10.

방황

지금 나는 잘 살고 있는 것일까. 이 질문을 하면 방황하게 됩니다. 한밤에 깨어날 수도 있고, 혼자 길을 걷게 됩니다. 그러는 동안 생각들이 펼쳐집니다. 쓸데없는 생각들도 많이 따라붙습니다. 그래도 이건 아닌 것 같아, 에서 이건 아니야, 라고 떨치는 순간이 옵니다. 그럼 앞으로 나아갈 수 있습니다.

책방에서는 독서모임과 글쓰기 모임을 합니다. 글쓰기를 하고, 독서 모임을 하는 사람들은 질문하는 사람들입니다. 질문 끝에 함께 책을 읽는 곳을 찾아 나서고, 글 쓰는 곳을 찾아 나선 것이지요. 그리고 읽고, 씁니다.

그렇다면 방황은 끝일까요? 이들은 이제 잘 살고 있다고 말할 수 있는 것일까요? 그렇다면야 삶이란 얼마나 편할까요.

여기에서 다시 질문을 던집니다. 그 질문 앞에서 다시 방황합니다.

며칠 전, 인터뷰를 하게 됐습니다.

시골에 살고 싶었던 꿈, 책과 커피를 팔면서 내 글을 쓰고 싶었던 꿈, 그러다 책도 만들어내고 싶었던 꿈을 이야기했습니다. 그럼 지금 꿈을 이룬 것이네요, 라고 인터뷰어가 말했습니다. 그런 면에서는 꿈을 이룬 것 같다, 라고 말했습니다.

그렇지만 꿈을 이루었다, 라는 말이 너무나 어색했습니다. 꿈을 이루었다면 뭔가 끝난다는 느낌이 들었습니다. 꿈은 진행형일 때의 것입니다. 꿈은 완성형의 단어가 아닙니다.

얼마 전 책방에 찾아왔던 사람이 말했습니다.

"이 집 주인은 꿈을 갖고 있다는 생각이 들어요."

그는 제가 꿈을 꾸고 있는 것이 무엇인지 모른 채 말했습니다. 다만 시골에 책방을 차리고 텃밭을 가꾸며 살아가는 모습을 보고 말했을 뿐입니다.

저는 그 말이 참 좋았습니다. 책방을 해서 꿈을 이룬 것이 아니라, 저는 지금의 책방에서 꿈을 꿉니다.

"꿈이 있어?"

서른셋이었던 때, 직장에서 함께 일하던 친구가 물었지요.

"그럼, 꿈이 없는 사람도 있나?"

"우리 나이엔 꿈이 없지. 그냥 하루하루 사는 거지. 어떻게
하면 돈을 더 벌까 궁리하면서."

꿈은 아이들, 젊은이들만의 전유물이 아닙니다. 그때 저의
꿈은 시집 한 권 내는 것이었습니다. 금방 시인이 될 줄 알았던
이십 대 시절을 지난 후 오래 잡문을 쓰면서 살던 때였습니다.
언젠가라고 생각했고 매일 열심히, 시를 쓰지는 않았습니다.
그래도 꿈을 갖고 있어서 시를 읽고, 시를 공부했습니다. 그리
고 시간이 지난 후 시집을 냈습니다. 지금도 좋은 시, 부단히
쓰는 것이 꿈입니다.

살아가는 일은 녹록지 않습니다. 사는 일 앞에서는 누구도
자유로울 수 없습니다. 멈추고, 방황합니다. 그러다 앞으로 한
발 내딛습니다. 꿈은 그 한 발 내딛게 하는 힘이지요.

사는 일도, 꿈도 온전히 혼자만의 몫입니다.

11.

어떤 여행자

오후에 한 20대 여성이 찾아왔습니다. '나도 작가, 나만의
책 만들기' 프로그램을 신청한 친구였습니다. 프로그램이라고
하지만 사실은 커피 한 잔을 마시면서 수제노트에 연필로 글
을 쓰는 것입니다. 온전히 혼자만의 시간을 갖는 것이지요.

그는 3시간 남짓 앉아 있다 일어섰습니다. 무엇을 썼을까,
궁금했습니다.

"연필로 글씨를 써본 지가 너무 오래돼서요."

지우개로 지우면서 연필로 쓴 글씨들이 노트에 적혀 있었
습니다. 한 편의 시였습니다.

그대는 귤꽃을 본 적이 있습니까

크지도 작지도 않은

하얀 봉우리가 맺힐 때쯤이면,

나의 첫여름이구나 하겠습니다

여름과 겨울 그 사이에서 자라난

주황빛의 열매가 나를 흔드는 날이면,

이제 첫 겨울이구나 하겠습니다.

코로나 때문에 여행도 가지 못하고, 아르바이트도 못 하고 집에서 지내다 그는 문득 시골책방이 생각났다고 했습니다. 자동차가 없어 한 시간에 한 대 있는 버스를 타고 한 시간이나 걸려서 왔다고 했습니다. 그런데 참 좋았답니다. 도시를 지나 시골까지 오는 동안 여행의 맛이 났고, 큰길에서 내려 시골길을 따라 책방까지 걸어오는 동안 여행의 맛은 더해졌다고 했습니다.

"아까 귤 주셨잖아요. 그래서 귤 이야기를 써봤어요."

연필로 쓴 글씨가 따뜻했습니다.

그가 인사를 하고 나갔습니다. 잠시 후 저는 그를 쫓아나갔습니다. 어느새 그는 멀리 가 있었습니다. 혼자 길을 걷는 그의 모습이 눈부셔서 저는 휴대폰 카메라를 들이댔습니다. 그가 큰 나무들 사이 작은 점으로 남았습니다.

밖은 이제 어두워지기 시작했습니다.

12.

눈

아침에 안개가 심했습니다.

어제 온 눈은 그대로 쌓였습니다.

너무나 풍경이 아름다웠습니다.

역시 사진으로는 그 풍경을 담을 수 없습니다.

누군가 있으면 여길 보라 저길 보라 했을 텐데.

혼자 흥분해 이곳저곳을 뛰어다녔습니다.

낮에 잠깐 외출했습니다.

큰길과 시내는 눈 온 흔적조차 없었습니다.

오히려 그 풍경이 낯설었습니다.

돌아오니 이곳의 눈도 많이 녹았습니다.

날이 풀린 것입니다.

눈이 오고 날이 풀리고.

그래서 몸을 쭉 펴고 나니 마음도 풀어졌습니다.

13.

편지

'앞으로도 많은 사람들에게 도움 될 임후남 님에게.'

초등학교 1학년인 아이의 편지를 보고 그만 빵 터졌습니다. 아이는 매달 책을 받아보는 북클럽 회원. 북클럽 회원은 주로 성인인데 아이 엄마가 특별히 아이를 위해 부탁했습니다. 매번 책을 보낼 때마다 아이에게 짧은 글을 쓰곤 하는데, 이번에는 아이가 답장을 쓴 것입니다.

아이와 함께 당장 서점으로 달려오고 싶었던 엄마는 형편이 여의치 않고 언제 올지 몰라 먼저 사진을 찍어 보냈다고 했습니다. 앞으로도 많은 사람들에게 도움 될 임후남 님에게. 아이의 표현이 고마워 한참 들여다봤습니다.

아이들에게 책을 보낼 때는 엽서에 000 양에게, 혹은 000

군에게라는 식으로 쓰곤 합니다. 아마도 그래서 '임후남 님에게'라고 하지 않았을까 싶습니다.

책 한 권 보내주는 일, 공짜로 보내는 것도 아닌 일인데 이런 감사를 받아도 되나. 오히려 제가 아이에게 마음을 배웁니다.

이번에 아이에게 보낸 책은 『별이 내리는 밤에』. 센주 히로시의 그림책입니다. 이 책은 글이 하나도 없습니다. 그림으로 이야기가 전개됩니다. 따라서 보는 사람에 따라 그림으로 어떤 이야기든 만들어낼 수 있습니다.

초등학교 1학년은 유일해 더욱 생각을 많이 하는데, 이번에는 특히 아이가 마음에 들었던 모양입니다. 이렇게 답장을 할 생각까지 했으니 말입니다.

아이가 매번 책과 함께 편지를 받는다는 것은 조금 특별한 기분일 것입니다. 책이 조금 마음에 들지 않아도 특별히 자신을 위해 보내온 책이라면 한 번이라도 보겠지요. 물론 마음에 드는 책이 온다면 바로 책 읽기에 빠지겠지만 말입니다.

아이는 자라고, 시간이 흘러 언젠가 이런 것을 추억할 날이 올 것입니다. 아이의 마음에 시골책방이 남아 있을 것을 생각하니 설렙니다. 그때까지 책방주인으로 남아 있어야겠어요.

14.

오홋!
봄이 온다

   날이 좋아 마당에서 오래 어슬렁거렸습니다. 라일락 꽃눈이 많이 올라와 있었습니다. 어느새!

   살아갈수록 자연이 더욱 신비롭고, 그에 맞게 사는 것이 어떤 것이구나 깨닫습니다. 무엇을 보고 살까, 머릿속 생각과 현실에서 무엇을 보는가가 맞물리는 생활.

   큰나무에도, 이름 짠한 꽃들에도, 잡초에도, 돌에도 다 봄이 오고 있습니다. 나에게도.

   오홋! 봄이 옵니다.

4장

나는 괜찮아지고 있는 중입니다

1.

할아버지와
냉이꽃

　한가로운 시골책방의 어느 봄날. 할아버지 세 분이 들어왔습니다. 막걸리를 한 잔씩 걸쳐 모두 얼굴이 불콰했지요. 이곳에서 자라고 평생 이곳을 떠나본 적이 없는 어른들이었습니다.
　처음에는 한 분만 들어왔습니다. 얼굴이 낯설었습니다. 시골책방에 불콰한 얼굴로 들어온 할아버지를 보고 저도 모르게 경계심이 생겼습니다. 코로나19로 방명록 작성이 필수라 먼저 작성을 부탁했습니다. 그러자 할아버지는 손을 내저으며 말했습니다.
　"난 글씨 몰라. 좀 이따 글씨 잘 쓰는 사람 올 테니 그 사람더러 쓰라고 하면 돼."
　그제야 저는 일행이 있다는 걸 알았습니다. 잠시 후 글씨를 잘 쓴다는 할아버지와 다른 한 분이 같이 들어왔습니다. 한 분은 언젠가 한 번 동창회를 마치고 책방에 들러 차 한 잔씩을 마시고 돌아갔고, 한 분은 딸과 손주들을 데리고 온 분이어서 낯이 익었습니다. 비로소 경계심이 확 풀렸습니다.

"아무거나 그냥 주셔. 맛있는 걸루다."

할아버지들은 뭘 마실지 메뉴도 잘 정하지 못했습니다. 저는 일단 시원한 걸 드시겠냐, 뜨거운 걸 드시겠냐 물어보고 커피냐, 다른 음료냐 물어봤습니다. 그런데도 할아버지들은 쉽게 결정을 하지 못했지요. 결국 할아버지들은 커피는 다 똑같다, 그래도 커피는 뜨거운 걸 마셔야 한다, 설탕은 알아서 타먹겠다로 결론을 내렸습니다.

책방에 손님이라곤 할아버지 세 분이 전부. 할아버지들은 이야기를 나누고, 저는 한쪽에서 일을 하고 있었습니다. 그중 한 할아버지가 유난히 큰 목소리로 말했습니다.

"이런 데는 우리 같은 사람들이 안 어울려! 아, 이렇게 공기 좋고. 더이상 좋을 수가 없는데 말이야. 도시 사람들은 이런 데 오면 좋다고들 하지. 우리는 맨날 이렇게 공기 좋은 데 사니 좋은 줄 몰라. 그리고 이렇게 책이 있고 하니 얼마나 좋아. 그런데 우린 안 어울려. 너, 송충이는 뭘 먹고 사는지 말해봐. 저 소나무에 사는 송충이 말이야. 우린 평생 땅 파먹고 살았잖아. 그러니 이런 책이 있는 곳에 오면 좋긴 한데 말이야, 이런 게 우리하곤 안 어울린단 말이지."

"송……충……이? 소나무 잎? 누우에? 난 당연히 밥을 먹지!"

목소리 큰 할아버지가 순박하기 이를 데 없는, 글씨를 잘 모른다는 할아버지와 나누는 대화가 재미있어 나는 혼자 배실배실 웃음이 났습니다.

그러다 글씨를 잘 쓴다는 할아버지가 일어나서 책들을 둘러봤습니다. 언젠가 딸과 함께 들렀던 그 할아버지는 글을 쓰는 게 좋다고 했었습니다. 그래서 매일 기록을 한다고 했지요. 퇴비를 얼마나 샀다, 마늘밭에 몇 포를 뿌렸다, 막걸리 한 병을 샀다, 강아지가 새끼를 낳다 등등 당신 생활을 기록한다고 했었습니다. 그때 그 할아버지 말을 듣고 언젠가 기회가 된다면 할아버지들 글쓰기를 하면 좋겠다 생각하기도 했었습니다.

"우리 손주가 책을 좋아해."

그 할아버지는 그림책 서가에 가서 몇 권을 뒤적이시더니 한 권을 고르곤 말씀하셨습니다. 얼굴에는 내내 웃음이 가득했습니다.

"아, 이런 데가 얼마나 좋아! 공기 좋지, 책 있지, 커피 있지. 우리 동네에 이런 게 있다는 게 얼마나 좋아!"

그러다 글씨를 쓸 줄 모른다는 할아버지가 갑자기 큰 목소리로 제게 물었습니다.

"그런데 여기 손님이 와요? 솔직히 말해 보셔."

할아버지들의 말에 내내 귀를 기울이고 있던 저는 큰 목소리로 말했습니다.

"어르신들도 오셨잖아요."

동네 할아버지들이 책방에 오는 게 저는 참 좋습니다. 평생 농사만 짓고 산 그분들이 서점을 갔던 적은 먼 옛날일 것입니다. 카페야 어쩌다 도시 사는 자식들이 와서 모시고 갈 수는 있지만 서점이라는 곳을, 더욱이 이런 작은 책방을 모시고 갈 일은 없을 것입니다. 그리고 카페든 책방이든 그분들이 다니기에는 아무래도 쉽지 않지요. 당신들이 읽을 책을 사는 일도 그렇고, 막걸리 한 병 값보다 비싼 커피를 돈 내고 사 드실 일이 만무하기 때문입니다. 그런데 마침 막걸리도 한잔 걸쳤겠다, 까짓것 한번 가자 하고 오시지 않았을까 싶습니다.

할아버지들의 이야기가 너무 재미있어 저는 내내 웃음이 가시지 않았습니다. 돌아가신 아버지 생각도 문득 났습니다. 아버지도 만약 이 책방에 오셨다면 저 할아버지들과 똑같은 대화를 나눴을 것 같았습니다.

아, 좋다. 근데 나 같은 사람에게는 이런 데가 안 어울려, 송

충이는 솔잎을 먹고 살아야지. ·······

시골책방이 농부의 신발을 따라 여기저기 씨앗을 옮기는 냉이가 됐으면 좋겠습니다. 그들 마음에 책의 씨앗이 전해져 꽃처럼 피어난다면 얼마나 좋을까요. 송충이는 솔잎만 먹지만 우리는 사람이니까요. 누구나 책은 볼 수 있는 것이니 말입니다.

2.

머리 질끈 동여매고
코로나19를 지나다

"아주 짧게 해주세요."

미장원에 갈 때마다 제가 했던 말입니다. 저는 오래도록 짧은 커트 머리였습니다. 그 이전에는 단발머리였습니다. 30대 후반 퍼머를 하고 그대로 머리를 길렀는데 긴 머리를 한 번도 해본 적이 없었던 저로서는 그때의 사진을 보면 지금도 생소합니다.

지금 저는 머리를 질끈 동여맸습니다. 미장원에 간 것이 꽤 오래됐습니다. 커트 머리가 길어져 더이상 견딜 수 없을 때 달려갔습니다. 이렇게 질끈 묶고 얼마를 지낼 수 있을지 잘 모르겠지만 이런 상태로 잠시 더 있어 볼 예정입니다.

옷도 한 번 사러 가지 않았습니다. 있는 옷도 많습니다. 시골에 살면서 옷 욕심은 더욱 없어졌습니다. 차리고 나갈 일이 없기 때문이지요. 한두 벌로 한 계절을 납니다.

생필품은 대형마트에 가서 남편이 사 옵니다. 책방을 하고 있다는 핑계로 저는 통 나가지 않습니다. 봄여름 계절 내내 냉장고와 텃밭을 들락거렸습니다.

이렇게 하고도 살 수 있구나, 싶습니다. 매일 장을 보던 시절도 있었고, 철마다 옷을 사던 시절도 있었습니다. 코로나가 저를 바꾸기 전 저는 시골로 들어와 살면서 이미 한 번 변했습니다. 코로나 이후 생활은 더욱 단순해졌습니다.

책방을 시작한 지 만 2년. 시골에 살면서 책방을 하고 싶었고, 지금의 집을 구입해 책방을 하고 있습니다.

시골에 차린 책방, 누가 올까 싶었지만 한두 사람 찾아왔습니다. 작가 강연, 북토크, 클래식 콘서트, 요리 교실 등등 다양한 일들도 진행했습니다. 그러나 코로나19는 그 어떤 것도 그대로 멈추게 했습니다. 잠시 확산세가 꺾이면서 사람들이 찾아왔습니다. 그러나 사회적 거리 두기가 2.5단계로 격상되면서 다시 책방은 주말에도 사람 하나 찾아오지 않았습니다.

아들이 말했습니다.

"그래도 우리 집은 원래 사람이 없던 곳이잖아요. 서울에서 장사 잘되던 곳들은 오죽하겠어요. 나가면 분위기도 이상해요."

원래 사람이 없던 곳이니 그러려니 하고 지냅니다. 그러나 때때로 견딜 수 없는 시간이 오기도 합니다. 다행인지 불행인지, 사회적 거리 두기 2.5단계 동안 대대적인 집수리 공사가 있었습니다. 그러느라 우울할 틈이 없었습니다.

사람이 오지 않는 책방에서도 저는 한가하지 않았습니다. 코로나19가 당장 끝나지 않더라도 우리는 계속 살아갈 것이고, 지금도 살아가기 때문입니다. 코로나19 이전, 새벽에 일어나 스포츠센터로 갔던 저는 조금 늦게 일어나 아침 일찍 책방문을 엽니다.

출판사도 겸하고 있으므로 주문 도서를 체크하고, 책방용 책을 주문합니다. 그러면서 새로운 행사도 기획합니다. 언제까지나 코로나19로 멈춰 있을 것은 아니기 때문입니다. 물론 행사는 야외 마당에서 주로 하고, 인원도 소수로 진행합니다. 그러는 틈틈이 책을 읽고 글을 씁니다. 살아있는 생활이지만 번잡하기보다는 단순합니다.

책방을 하면서 가장 좋은 점은 역시 보고 싶은 책을 맘껏 본다는 것입니다. 맘껏이라니, 꽤나 배부르게 읽을 것 같지만 그렇지는 않습니다. 한 달에 너덧 권 읽었던 책을 코로나 이후에는 한 달 평균 10여 권을 읽었습니다. 가벼운 책도 있고, 더러

무거운 책도 있었지만 책방을 하지 않았다면 이렇게 읽기 쉽지 않았을 것입니다. 책을 읽어서, 책방을 할 수 있어서 얼마나 다행인지 모릅니다.

코로나 덕분에 가장 좋았던 것은 야외 콘서트를 진행한 것입니다. 야외 콘서트를 몇 번 진행하려다 형편상 진행하지 못했는데, 코로나 덕분에 실행하기로 한 것이지요. 실내보다 실외가 안전하니까요.

첫 야외 콘서트를 하던 날은 종일 비가 오락가락했습니다. 어떡하나 싶었는데 연주가 시작할 즈음에는 비가 그쳤습니다. 두 테너가 노래를 부르는데, 나무 위에서는 새가 지저귀고, 옆 개울에서는 물소리가 났습니다. 그러다 비가 왔습니다. 사람들은 우산을 쓰고 노래를 들었습니다.

그다음 날은 발코니에서 연주를 했습니다. 들깨밭을 사이에 두고 객석과 무대가 만들어졌습니다. 뒤에는 소나무숲이 펼쳐져 있지요. 해가 지고 있었고, 첼리스트와 피아니스트가 연주하고 바리톤, 소프라노가 노래했습니다. 새들이 날아다녔습니다. 나뭇잎이 나부꼈습니다. 바람이 지나갔습니다. 몸에 전율이 일었습니다. 눈물이 핑 돌았습니다.

마스크를 끼고 가족끼리 혹은 연인이 앉아서 음악을 듣는 사람들. 빗속에서 우산을 들고 음악을 듣는 사람들은 모두 같은 마음이 아니었을까요.

어쩌다 코로나19로 영화 속 풍경처럼 살고 있지만, 매일 하루하루를 살아냅니다. 오늘 하루를 살아내는 일이 내일을 살아내게 하고, 그 내일이 일생을 살아가게 될 것이라는 것을 믿기 때문입니다. 머리를 질끈 동여매고 단순한 생활을 하면서 말입니다.

3.

명절에도
문 엽니다

명절 연휴에도 문을 연다고 하자 아는 사람이 어이없다는 듯 웃었습니다. 명절에도 문을 여는 책방이라니. 사실 책방을 시작하고 명절에 문을 닫은 적이 없습니다. 이렇게 말하면 마치 책방을 목숨 걸고 하는 것처럼 보이지만, 집과 함께 있으니 사실은 특별히 문 닫을 일이 없을 뿐입니다.

집과 함께 있다고 하지만, 책방이 있는 1층과 살림집은 엄연히 구분되어 있습니다. 저는 매일 아침 가방을 메고 책방으로 출근하고, 저녁이면 가방을 메고 퇴근합니다. 중간에 제가 집에 올라가는 때는 점심시간뿐인 경우가 많습니다. 살림은 아침 출근 전이나 저녁 퇴근 후에 합니다.

저에게 책방 문을 열고 닫는 것은 큰 차이가 없습니다. 저의 일상은 늘 같습니다. 명절이라고 해서 저의 일상이 깨지는 것도 아닙니다. 특히나 코로나로 인해 가족 간 모임도 불가능한 때는 더더욱 그렇습니다.

명절 아침에도 저는 1층 책방으로 내려와 커피와 빵, 과일로 아침 식사를 하고, 화초에 물을 주고, 청소를 간단히 하고, 컴퓨터를 켜고 자리에 앉았습니다. 책방이고 카페지만 이곳은 저의 소중한 작업실이기 때문입니다. 작업실이라고 하면 뭐 대단한 걸 하는 것 같지만, 책을 읽는 것이 대부분입니다. 책방을 하면서 가장 좋은 일 중 하나는 읽고 싶은 책을 맘껏 읽는다는 것이어서 제 책상에는 봐야 할 책들이 항상 쌓여 있거든요.

온라인으로 시 필사 모임을 하는 요즘은 매일 시집을 들여다봅니다. 한 권의 시집에서 한 편의 시를 골라 블로그에 올리면 함께하는 이들이 그 시를 각각 필사, 단체 카톡방에 올려 공유합니다. 짐작했던 대로 매일 일이라 신경이 여간 쓰이는 게 아니지만, 매일 시를 고르는 즐거움이 꽤 큽니다.

책을 맘껏 읽고, 시를 필사하고, 작가와의 만남이나 콘서트를 열고. 언뜻 보면 책방을 하는 것은 마치 한가한 놀이처럼 보입니다. 유한마담의 취미생활쯤으로 보고 이런 생활을 꿈꾸는 사람도 적잖습니다. 가끔 찾아오는 이들 중에는 나이 들어 이렇게 살고 싶다고 말하는 사람들이 있지요. 물론 저도 이렇게 살고 싶었고, 그래서 책방을 시작했습니다. 그러나 어떤 일이든 밖에서 볼 때는 물 위의 백조입니다.

책방을 시작한 지 이제 2년 반 정도. 목숨 걸고 하는 것은 아니지만, 목숨 건 듯 열심히 했습니다. 어쩌면 젊은 시절 직장을 다닐 때보다 더 열심히, 더 치열하게 하지 않았나 생각합니다. 밤잠을 설치면서 공모기획서를 작성하고, 떨리는 마음으로 작가 섭외를 하고, 허리가 아프도록 행사를 진행했습니다. 그러면서 한 달에 한 번 독서 모임과 매주 글쓰기 수업을 진행하고, 정기구독 서비스인 북클럽 회원들에게 책을 보냅니다.

본업인 출판일도 해야 했는데, 지난 한 해에는 제가 쓴 『시골책방입니다』, 『살아갈수록 인생이 꽃처럼 피어나네요』와 여럿이 함께 쓴 『위드 코로나』 등 3권의 책을 냈습니다.

이처럼 다양한 일을 할 수 있는 가장 큰 여건은 '책방'이라는 공간 때문이었습니다. 책방이 아니었다면 이 중에서 제가 할 수 있는 일은 크게 줄어듭니다. 책방을 차리지 않았다면 하지 않았을 일들. 책방이라서 할 수 있었던 일들. 책방은 제게 새로운 삶을 만들어줬습니다.

데이비드 브룩스는 『두 번째 산』에서 '당신이 일하는 환경이 당신의 존재 자체를 서서히 바꾸어 놓는 힘을 절대로 과소

평가하지 말라'고 말합니다. 책방은 저를 서서히 바꾸고 있습니다. 책방을 하기 전에는 저만을 위했던 일들이, 책방이라는 공간을 통해 누군가와 함께함으로써 함께 위하는 공간이 됐습니다. 독서 모임을 통해 괜찮은 사람이 되고 있다는 사람, 클래식 음악회를 통해 생활이 더욱 반짝거린다는 사람, 글쓰기를 통해 자기를 들여다본다는 사람 들. 이들과의 만남은 제 삶을 더욱 돌아보게 하고 앞으로 나아가게 했습니다. 책방과 함께 제가 조금씩 성장하고 있는 것입니다. 그리고 어느새 책방은 저만의 공간에서 저 혼자 꾸는 꿈이 아니라, 열린 공간에서 함께 꿈을 꾸는 장소가 됐습니다.

'공간에 우리의 경험과 삶, 애착이 녹아들 때 그곳은 장소가 된다.'

인문지리학자 이 푸 투안이 『공간과 장소』에서 말한 것처럼 책방이라는 공간을 통해 이곳은 특정한 장소가 되고 있습니다.

지금의 저와 떼려야 뗄 수 없는 관계가 된 책방. 어쩌면 지금 이곳은 가족을 제외한 저의 모든 것이 모여 있는 곳이라고 할 수 있습니다. 손때가 묻은 책과 음반이 있는 곳. 수십 년 묵은 이것들이 없었다면 지금의 책방도 없었을 것입니다. 이것들이 자양분이 되어 새 책을 들여놓게 하고, 작가를 초대하게 하고, 콘서트를 열게 합니다. 묵은 것들은 새롭게 태어나고, 새로운 것들은 이곳에서 묵혀짐으로써 이곳의 풍경으로 자리잡습니다.

　큰 창 아래 햇살을 등지고 앉아 앞의 큰 창으로 들어오는 풍경을 바라봅니다. 같은 창에서 바라보는 풍경은 매일 낯설기만 합니다.

4.

나는 괜찮아지고
있는 중입니다

'읽고 있는 책을 계속 읽고 싶은 마음이 있었고, 독서 이야기가 아닌 일상에 관한 반복적인 이야기를 긴 시간 나누는 것에 흥미를 잃기도 했고, 서로 주고받을 농담이 이제 가치가 없다는 생각이 들고 해서 오늘 직장 동기와의 모임에 안 갔어요. 너 나중에 후회한다는 협박을 받았는데 이러다 제 주변에 아무도 없게 될까 봐 내심 걱정도 됩니다. 제가 왜 이런 걸까요?'

함께 독서 모임을 하는 친구가 이런 글을 단체 카톡방에 올렸습니다. 오래 다녔던 직장을 그만두고 이제 50대 중반인 그는 요즘 책을 읽는 재미에 푹 빠져 있습니다. 그가 본격적인 책 읽기를 시작한 것은 이제 1년 6개월 정도.

그는 혼자 읽기보다 함께 읽는 게 좋겠다 싶어 많은 검색 끝에 유명 작가와 하는 독서 모임에 참가했었습니다. 그곳에서 주로 권해준 책은 자기계발서. 독서 모임에 함께했던 이들은 젊은이들. 그는 그 모임을 통해서 2, 30대의 생각을 읽으면서 책 읽기의 즐거움을 알았습니다.

보다 다양한 독서를 하고 싶었던 그는 역시 검색 끝에 이곳 시골책방에서도 독서 모임을 한다는 걸 알고 찾아왔습니다. 함께한 지 이제 9개월째. 그새 그는 유명 작가의 독서 모임을 그만두고 더 이상 자기계발서를 읽지 않습니다. 자기계발서를 읽어본 결과 결국 같은 내용의 반복이라는 것을 알았기 때문입니다.

시골책방의 독서 목록은 주로 문학과 인문서적입니다. 이 목록은 대형서점 베스트셀러 목록과 별개입니다. 책방지기인 제가 읽은 책 중 함께 읽으면 좋겠다 싶은 책을 나름 '엄선'해서 고릅니다. 그러다 보니 사실 책 고르기가 쉽지 않습니다. 책이란 것은 따지고 보면 대단히 개인적인 취향이기 때문에 제가 좋다고 해도 다 같이 좋을 수는 없습니다. 그럼에도 저는 제취향대로 고릅니다. 제가 좋아하지 않는 책을 고르면 독서 모임을 할 수 없다는 단순함입니다.

최근 함께 읽은 책은 홍은전의 『그냥, 사람』이었습니다. 그는 이 책을 읽고 이렇게 말했었습니다.

"『그냥, 사람』을 읽게 해주셔서 감사합니다. 가슴이 아프고 먹먹하고 눈물 나지만, 잊고 지냈던 것들을 다시 기억하게 해주셔서 감사합니다."

『그냥, 사람』은 장애인 야학교사였던 홍은전 씨가 강자에 의해 가려진 약자들의 이야기를 담담히 풀어쓴 글로 꽤 묵직한 울림을 주는 책입니다.

책을 읽어서 인생이 바뀌지 않습니다. 그러나 책은 인생을 바꾸기도 합니다. 책을 읽다 보면 깊어지는 순간이 옵니다. 생각이 달라지기 때문입니다.

최근 독서 모임에서 그는 이렇게 말했습니다.

"내가 변화되는 것을 느껴요. 나는 스스로 괜찮아지는 것 같아요. 나의 빈 공간이 채워지는 느낌이 듭니다. 종일 책을 읽다 보면 어깨도 아프고 힘들죠. 다른 것도 하고 싶고. 그런데도 책을 읽고 있는 나 스스로가 대견하고, 책을 다 읽었을 때는 자부심도 생겨요. 무엇보다 좋은 책을 읽었다는 생각에 뿌듯하고요."

1년 6개월 동안 그가 읽은 책은 180여 권. 한 달 평균 10권을 읽은 셈입니다. 적지 않은 권 수죠. 이러다 보니 그는 급기야 친구들에게 야유 아닌 야유, 협박 아닌 협박을 받기도 한답니다. 그러다 오늘처럼 이러다 정말 내 주변에 아무도 없음 어떡하지, 하고 덜컥 겁이 났답니다.

그렇다고 모임에 나가자니 그곳에서의 수다가 지루합니다. 자식 이야기, 아파트 시세, 주식 투자, 피부 관리, 맛집 등등. 그러다 주변의 아는 사람 이야기 등 새삼스러울 것 없는 이야기들의 반복. 그렇다고 뜬금없이 책 이야기를 하기도 뭣하고.

사실 이미 그는 변한 것입니다. 책 이야기를 할 때가 가장 즐거운 사람으로 변한 것이지요. 그 책 이야기를 맘놓고 할 수 있는 곳은 독서 모임뿐이니 독서 모임이 가장 좋을밖에요.

저는 책 읽기는 혼자 하는 것이라고 생각했습니다. 한 번도 독서 모임을 해본 적이 없습니다. 책방에 독서 모임이 있으면 좋다는 말을 할 때도 쉽게 시작하지 못했습니다. 독서 모임을 하지 않을 이유는 할 이유보다 훨씬 많았습니다. 가장 큰 이유는 정해진 요일마다 모임을 하게 되는 얽매임이 싫었습니다. 그리고 제가 뭔가를 진행해야 한다는 것도 부담스러웠습니다. 자유롭고 싶어서 책방을 하는데 정기적인 프로그램을 운영하다니요.

그러던 어느 날, 책방을 책방답게 하기 위해서라는 생각으로 독서 모임을 시작했습니다. 여전히 이곳에 누가 올까, 몇 명이나 올까 생각하면서. 그렇게 시작한 독서 모임이 지금은 고정 회원이 생겼습니다. 그리고 독서 모임이 이렇게 좋은 것이구나, 매번 모임을 할 때마다 느낍니다. 좋은 책을 읽었을 때 누군가와 이야기를 나누는 즐거움이 크다는 것을 늦게 깨달은 것이지요.

다른 사람이 발견한 지점을 미처 발견하지 못할 수 있기 때문에 독서 모임은 보다 입체적으로 책을 보게 합니다. 토론 형식이 아니라 각자 읽은 감상을 말하기 때문에 부담도 없습니다. 그러다 서로 다른 지점이 생기면 그것으로 또 서로의 생각들을 나눕니다.

사실 독서 모임은 무엇보다 읽은 책 이야기를 맘껏 할 수 있다는 것만으로도 좋습니다. 좋은 책을 읽으면 이 책 좀 읽으라고 누군가에게 권해주고, 그 책 갖고 이야기를 하고 싶은데 사실 그럴 사람은 그리 많지 않거든요. 책 수다가 제일 즐거운 일인 것을 저도 독서 모임을 하고 나서야 깨달았습니다.

하긴 책뿐 아니지요. 영화나 음악, 그림 등 혼자도 좋지만 그것을 누군가와 함께하는 그 수다는 얼마나 즐거운 일인가요. 이런 것으로 수다를 떨 사람들이 주변에 많다면 그 사람이 가장 부자가 아닐까 합니다. 물론 저는 그런 부자로 살고 싶고요.

책 좀 읽는다고 바뀌지 않습니다. 그러나 책 좀 읽다 보면 바뀔 수밖에 없습니다. 책은 너무나 다양해 어떤 책이 말을 걸

어울지는 알 수 없습니다. 어떤 책과는 진하게, 어떤 책과는 가볍게 만나다 보면 어느 날 내 뒤통수를 후려치는 책도 만나게 되는 것입니다. 이런 세상에 빠져 있는데 연예인 이야기며 성형 이야기며 맛집 이야기가, 아파트 시세 이야기가 다 부질없게 느껴지지요.

물론 책만 읽다 보면 이걸 읽어서 뭐하나, 역시 부질없는 순간도 옵니다. 그럴 때는 안 읽으면 그만입니다. 세상 사람들을 다 만나볼 수 없는 것처럼 책은 너무나 많아 내가 다 읽을 수도 없는 일입니다. 그리고 그쯤 되면 나는 예전과는 다른 내가 되어 있을 것입니다. 그때는 각자의 때이므로 사실 아무도 모릅니다. 사는 일처럼. 그러다 어느 날 다시 책이 고파지면 쓱 집어 들면 그만입니다. 책은 읽어도 읽어도 결코 마를 일 없는 바다와 같기 때문이지요.

5.

나는 무엇을
보고 있을까요

한 친구가 책을 내고 싶다며 자문을 구했습니다. 사진기자 생활을 오래 한 그는 매일 일기를 쓰듯 사진을 찍었다고 했습니다. 그가 찍은 것은 구름과 비행기, 그리고 신호등과 물탱크였습니다. 하늘을 올려다보고 걷다 구름이 있으면, 비행기 소리가 나면 서둘러 휴대폰을 꺼내 사진을 찍었습니다.

그가 하늘을 올려다보면서 구름을 찍기 시작한 것은 땅을 보고 걷는 것이 재미가 없었기 때문이었다고 합니다. 하늘은 매일 달랐습니다. 하늘의 표정은 구름으로 인해 변화무쌍했습니다. 구름은 단 한 번도 같은 표정을 한 적이 없습니다. 구름은 하늘의 특권이었습니다. 특히나 저녁 하늘은 그의 마음을 언제나 앗아갔습니다. 붉게 물드는 저녁 하늘은 그를 어디에서나 멈추게 했습니다.

중학교 시절, 집에 갈 때마다 그는 쓸쓸했습니다. 쓸쓸해서 하늘을 바라본 것인지, 저녁 하늘 때문에 쓸쓸한 건지 알 수 없었습니다. 어린 소년의 마음을 흔들리게 했던 저녁 하늘은 세월이 흐르는 동안 종종 그로부터 벗어났습니다. 낯선 도시에서 그는 어른이 되었고, 밥벌이는 그 저녁 하늘을 잊게 했습니다. 보통의 삶처럼 하늘을 올려다볼 새 없이 살면서 젊음은 소진됐습니다.

하늘을 보기 시작한 중년의 어느 날. 그는 하늘을 찍다 비행기가 날아가는 모습을 보았습니다. 비행기를 찍기 시작했습니다. 그러나 비행기는 그가 하늘을 올려다본다고 항상 있는 것이 아니었습니다. 그야말로 열심히 하늘을 보다 운 좋게 비행기를 찍었습니다.

어느 날부터인가 그는 귀를 기울였습니다. 길을 걷다 비행기 소리가 나면 휴대폰을 꺼냈습니다. 집에서도 마찬가지였습니다. 비행기가 지나다니는 하늘길 아래 사는 그는 비행기 소리가 나면 얼른 베란다로 뛰어갔습니다. 비행기는 어느새 멀어지고 있었지만, 그는 얼른 셔터를 눌렀습니다. 운이 좋으면 비행기가 정중앙에 크게 보였지만, 때로는 먼 곳에서 아주 작은 점처럼 보였습니다. 그래서 어떤 사진은 그냥 빈 하늘처럼 보이기도 합니다. 자세히 보아야 비행기가 보입니다. 하늘을 나는 비행기는 쉽게 틈을 주지 않았습니다.

그가 사는 곳은 서울 외곽 도시. 매일 광역버스를 타고 서울 특별시로 나가는 길에서 그는 두 가지를 발견합니다. 하나는 신호등, 또 다른 하나는 물탱크.

신호등은 우리가 익히 아는 신호등입니다. 어느 저녁, 신호등이 그의 눈에 들어왔습니다. 여름이었고, 하늘을 올려다보는 순간 신호등이 함께 그의 마음에 들어왔습니다. 하늘과 구름 속에 놓인 신호등은 아름다웠습니다. 다음날, 그는 다시 신호등을 봤습니다. 어제의 신호등이 아니었습니다. 빨간색과 노란색, 초록색은 매일 다른 풍경으로 그에게 다가왔습니다.

절대 변하지 않는 물체인 신호등이 그에게는 매일 다른 말을 걸어왔습니다. 그는 카메라 셔터를 누르는 것으로 신호등에게 답을 했습니다. 같아도 다른 모습. 그와 신호등만이 나누는 은밀한 대화였습니다.

물탱크 역시 마찬가지였습니다. 물탱크 역시 변하지 않는 물체입니다. 서울로 오가면서 매일 만나는 물탱크는 어렸을 때 고향 마을에 있던 물탱크를 닮아 있었습니다. 그는 물탱크를 보기 시작했습니다. 물탱크는 가까이 갈 수 없는, 영역 안에 있는 것이었고 그는 영역 밖에 있었습니다.

그는 버스를 타고 지나면서 먼 발치에서 물탱크를 바라봤습니다. 짝사랑이었습니다. 그는 물탱크를 지날 때마다 카메라 셔터를 눌렀습니다. 차가 정차한 순간에는 똑바로 볼 수 있지만, 움직이는 순간에는 물탱크도 따라 흔들렸습니다. 물탱크가 버스 뒤로 밀려나면 그는 목을 뒤로 빼고 물탱크와 대화를 나누었습니다. 직접 만나지는 못하지만 매번 다른 표정으로 찍힌 물탱크가 그의 카메라 속에서 말을 걸어왔기 때문입니다.

구름과 비행기, 신호등과 물탱크. 그가 그것들을 카메라에 담기 시작한 시간은 약 6년여. 그동안 찍은 사진은 수천 장에 이릅니다. 그는 그중 일부를 골라 책을 내고 싶어 했습니다. 그는 가급적 많은 사진을 넣고 싶다고 했습니다. 1천여 장의 사진집. 그 많은 사진을 다 넣고 싶은 이유는 매일의 기록, 즉 일기이기 때문입니다. 제작비가 만만찮을 수밖에 없습니다.

저는 그에게 출판제작 과정을 설명했습니다. 책을 내는 일은 쉬워 보이지만 디자인과 제작, 편집 등 품이 많이 들어가는 일이고 그에 따른 비용이 만만찮습니다. 특히나 사진집인 경우는 더 많은 제작비가 들어갑니다.

제작 과정을 듣고 나서 그는 아는 디자이너에게 편집을 부탁하고, 소량 인쇄를 하겠다고 하고 돌아갔습니다. 그런데 하루 만에 연락이 왔습니다. 사진을 고르다 보니 사진도 좋지 않고, 해서 나중에 다시 기회를 봐야겠다는 것이었습니다.

저는 조금 서운한 마음이 들었습니다. 쉽지 않은 작업이지만, 그의 일기가 세상 밖으로 나오려다 다시 들어갔기 때문입니다. 그의 일기를 훔쳐보고 싶었고, 이왕이면 좋은 편집으로 만나고 싶었던 저는 그에게 말했습니다.

"사진을 찍을 때의 생각을 글로 메모해두세요. 글이 있으면 나중에 책을 만들 때 좋으니까요."

그와 전화를 끊고 나서 이런저런 생각이 한동안 머리에서 맴돌았습니다. 무엇보다 그가 찍은 사진의 소재들이었습니다. 그를 통해 하나의 대상으로 살아난 구름과 비행기, 신호등, 물탱크. 별 것 아닌 것들이 그에게 왜 특별한 무엇이 됐을까. 그는 왜 그것들을 '발견'하고 '촬영'함으로써 그것들에 의미를 부여했을까.

그것이 예술이 되는 지점은 얼마나 낯설게 하느냐에 있습니다. 저는 그의 '일기 사진'을 보고 예술적 가치를 논할 수는 없습니다. 다만, 그 대상을 바라본 그의 시선은 이미 일상을 넘어섰다는 것입니다.

볼 것도 많고, 모든 것이 넘치는 시대에 나만의 시선을 갖고 살아가는 일은 쉽지 않습니다. 무엇을 보는가는 결국 무엇을, 어떻게 생각하느냐로 이어집니다. 그것은 곧 내가 됩니다.

나는 무엇을 보고 있을까? 그가 내게 던진 숙제였습니다.

6.

스물세 살
청년의 고백

이제까지 다섯 번째예요. 다시 해보려고요. 힘드냐고요? 당연히 힘들죠. 그렇지만 다른 방법이 없어요. 할 수 있는 데까지 해봐야죠. 학원에서 만난 사람 중에는 8번 시험을 본 경우도 있어요. 그 사람은 군대에 안 가는 사람이어서 매년 시험을 봤지만, 저는 군대도 가야 하니 몇 번이나 더 볼 수 있을까 싶어요. 항상 올해가 마지막이라 생각하고 시험을 치르는데 올해도 마지막이 안 되네요. 내년에도 다시 해야겠어요.

부모님 때문이냐고요? 그렇긴 하지요. 어렸을 때부터, 아주 어렸을 때부터 의대를 가야 한다고 듣고 자랐어요. 그래서 저는 당연히 의대를 가야 하는 줄 알았어요. 다행히 성적은 늘 상위권이었어요. 그렇다고 전교 1등을 하는 건 아니었고요. 그런

애들은 따로 있더라고요. 열심히 한다고 해서 되는 성적이 있고, 아무리 해도 안 되는 성적이 있어요. 그건 개인의 노력이 아니에요. 공부도 일종의 재능인 거죠.

학원과 과외는 당연했죠. 학교보다 학원이 더 중요하다고 생각해요. 그리고 과외도 정말 중요하고요. 학원 안 가고, 과외 하지 않고 성적이 올랐다고 하는 말을 전 안 믿어요. 제 주변에서 그런 사람은 단 한 명도 보지 못했거든요. 텔레비전에 나와서 우리 애는 과외 한 번 안 시켰다고 하는 유명인을 보고 깜짝 놀랐어요. 어른들은 저렇게 거짓말을 웃으면서 하는구나 싶었죠. 그 집 애랑 세 친구랑 같이 고액 과외를 했거든요.

사실 재수, 삼수를 할 수 있는 것은 부모님의 재력이 어느 정도 되기 때문이죠. 1년 학원비가 얼만데요. 거기에 과외라도 하게 되면, 어휴, 그건 진짜……. 그러니 제가 부모님께 감사하죠. 그 돈을 다 대주시니까요.

저희 부모님이 의사냐고요? 하하하, 아닙니다. 작은 가게를 하세요. 시험 끝나고 나서 부모님 일을 조금 도와드리면서 우리 집 수입이 어느 정도인지 알았어요. 월 1천만 원쯤 되더라고요. 제가 아는 학원 강사는 월 3천인데, 그에 비해서는 적더라고요. 두 분이 버시는데도 말이죠.

그래도 월 1천이면 조금 큰돈 아닌가 싶어요. 그런데도 부모님은 적다고 푸념을 하시죠. 그 돈에서 아파트 대출금 갚고, 제 학원비 내고, 생활비 쓰고 나면 돈이 없다고 하세요. 그리고 두 분은 돈 때문에 자주 다투시죠. 매일 돈 돈 돈, 하시는 것 같아요.

그런 부모님을 보면 제가 죄인 같죠. 빨리 대학에 들어가야 하는데, 학원비나 축내고 있으니 말이에요. 부모님으로서도 제가 탐탁지 않으실 거고……. 저한테 욕도 하시거든요. 어떤 때는 때리기도 하시고. 그러다 보니 제가 상처를 많이 받죠.

그래도 지금은 많이 포기하셨어요. 어떤 데도 좋으니 의대만 들어갔으면 좋겠다고 하시거든요. 처음엔 서울에 있는 의대만 고집하셨거든요. 그래도 쉽지 않네요.

저는 부모님 모두 어느 대학을 나왔는지 몰라요. 굳이 말씀을 안 하시니 제가 물어볼 수도 없지요. 당신들이 힘들게 살아서 그런지 저는 그렇게 힘든 인생을 살지 말라고, 그러니 의대 가서 의사가 되라고. 의사는 돈을 많이 벌잖아요. 만약 부모님이 좋은 대학을 나오고, 할아버지가 부자였다면 이렇게 하지 않을 수도 있었겠죠. 부모 찬스를 쓸 수 없는 우리는 성적을 올리는 수밖에 없어요. 정시밖에 안 되거든요.

사실 전 지금 휴학 중이에요. 서울에 있는 한 대학을 다니고 있어요. 전액 장학금을 받고. 다른 부모님 같으면 서울에 있는 대학을 다니고, 전액 장학금이니 좋아하시려나요? 그런데 의대가 아니어서 한 학기만 대충 다니고 다시 학원에 다녔어요. 그런데도 이번에도 안 될 듯하니, 참 저도 안타깝네요.

제 꿈은 돈을 많이 버는 거예요. 30억을 버는 게 제 목표예요. 30억이면 부자라고 생각하거든요. 그러면 그때는 내가 좋아하는 일을 하면서 살 것 같아요. 좋아하는 일이 뭐냐고요? 글쎄요. 뭘까요.

지금 제 나이가 스물셋인데요, 술을 먹어본 게 10번도 안 돼요. 술집에 가본 게 그만큼인 거죠. 또래 친구들이 대학을 가고, 술집에 가고, 여행을 갈 때 전 학원에서 공부했거든요. 그러고 보니 '모태솔로'네요. 한 번도 여자친구를 사귀어본 적이 없어요. 재수학원에서도 애들끼리 사귀던데 전 여자애들한테 눈 한 번 돌려본 적이 없었어요. 오직 공부만 했어요.

코로나 이전에 가끔 친구들이 외국 여행 갔다 왔다고 하면 좀 부러웠어요. 전 외국은커녕 국내 여행도 한 번 가본 적이 없거든요. 어렸을 때도 여행을 간 기억이 없어요. 매일 집과 학교, 학원, 아니면 과외 선생님 집이 전부였죠.

어렸을 때 부모님은 나중에 돈을 많이 벌면 여행을 가자고 했어요. 애들이 방학 때면 여행을 갔다 온 게 부러웠거든요. 그렇지만 해외 여행은 물론 국내 여행도 한 번 안 가고 제가 성인이 되었네요. 그동안 우리 아파트 평수는 넓어졌어요. 처음에는 20평대였는데 지금은 40평대니까요.

그러고 보니 우리 집 아파트값이 20억도 넘네요. 언젠가 30억을 찍겠죠. 아파트값이 올라서 좋다고 해야 하는 건지는 모르겠지만, 다행히 전 외동이에요. 형제자매가 없으니 나눌 것도 없고. 친구 중에 형제자매가 있는 애들은 가끔 절 부러워해요. 혼자라서 외롭기도 하지만 그런 면에서는 운이 좋은 거죠. 어쨌든 물려받을 사람이 저밖에 없으니까요.

의대가 아니면 그 어떤 대학도 의미가 없다고 생각하는 부모님. 그 기대에 못 미치는 저. 가끔 박차고 나오고 싶을 때가 왜 없겠어요. 그런데 부모님 꿈이 제 꿈이 되고, 이 길밖에는 없는 것 같아요. 일단 내년에 다시 해보려고요. …… 괜찮아요. 이렇게 사는 사람도 있는 거지요.

어느 날 오후, 스물셋 그의 이야기를 들었습니다. 올해로 5번째 수능. 그러나 원하는 대학을 갈 수 없어 내년에도 수능을 준비한다고 했습니다. 그는 담담했습니다. 안쓰러운 마음을 그래서 내비칠 수 없었습니다. 옳고 그름의 문제가 아니라, 그냥 다를 뿐이었습니다.

그의 말처럼 부모 찬스를 쓸 수 있는 형편이었다면 그의 부모는 다른 방법을 찾았을지 모릅니다. 사다리 한 칸 올라가는 게 얼마나 힘든지 아는 그들은 아들이 조금은 더 안전한 사다리를 타게 하고 싶었을 것이고, 그래서 의대를 고집했을 것입니다.

그러면서 그들은 자신들이 간신히 올라간 사다리에서 떨어질까 늘 조마조마한 마음으로 살아갑니다. 마음의 여유가 없으니 여행 한 번 가지 못하고, 가장 투자를 많이 하는 자식은 뜻대로 안 되고. 그러다 보니 화가 쌓이고, 그 화는 결국 가족 간 충돌로 이어집니다.

스물셋 청년은 순합니다. 부모에게 순종합니다. 부모가 자신을 위해서 희생한다는 것을 알고 있기 때문이지요. 그러나 진짜 그가 안쓰러웠습니다. 그리고 그의 부모가 궁금했습니다. 자식을 그렇게 몰아붙이는 이유가 뭘까, 그들의 이야기가 궁금했습니다.

그런데 갑자기 얼굴이 화끈거립니다. 그 아들이 의사가 되어 돈을 잘 벌게 될 미래에 그들이 저를 향해 던질 비웃음이 그대로 꽂힙니다. 너나 잘하세요, 라는 말이 귓가에 맴돕니다. 생각해보니 그동안 내 곁을 스쳐 간 그와 같은 이들의 얼굴이 참 많았습니다. 그렇지, 무슨 상관이람. 나는 나대로, 그들은 그들대로 살아갈 뿐인 것을. 서로 방향이 다른 것을.

긴 이야기를 하고 돌아가는 그에게 말했습니다. 언제고 쉬고 싶을 때는 오라고. 그에게는 이 낯선 책방이 잠깐의 쉼이었을 것이므로.

7.

생활의
즐거움

제가 지금 사는 집은 콘크리트 골조에 황토벽돌로 쌓은 집인데 무려 4층이나 됩니다. 1층은 카페를 겸한 책방이고, 2, 3층은 주거용, 4층은 회의실 등으로 사용하고 있습니다. 이 집을 지은 이는 집을 최대한 친환경으로 집을 짓고자 안팎을 황토벽돌로 쌓았습니다. 실내도 서까래와 계단 등을 모두 소나무로 마감했습니다. 말로만 듣던 황토집에 직접 살아보니 황토집이 얼마나 좋은지 몸으로 느끼는 중입니다.

지난여름, 집중호우가 쏟아지던 어느 날 황토벽돌이 무너져내렸습니다. 지붕 방수처리가 제대로 되지 않아 물들이 오래 고이고 고여 황토벽돌을 무너지게 한 것입니다. 비가 계속 오다 보니 공사를 진행할 수 없었습니다. 뿐만 아니라 이중벽

중 외벽이 무너졌으니 그 사이로 물이 들어왔습니다. 물은 스스로 자기 길을 찾아서 갑니다. 건물 안으로 들어온 물은 얕은 곳을 향해 흐르다 틈이 있는 곳에서 뚝뚝 떨어졌습니다. 벽을 타고 들어온 물은 천정에서 떨어져 바닥을 흥건하게 했습니다. 심지어 카페와 책방에도 물이 떨어지고 이곳저곳이 물천지였습니다. 젖은 책은 버리고, 흥건한 물은 퍼냈습니다. 그런데도 비는 계속 왔습니다.

한 달여간 생활은 엉망이었습니다. 벽에 붙어 있던 서랍장들을 앞으로 내놓다 보니 가재 도구 사이를 이리저리 피해 다녀야 했습니다. 무너진 벽에 쳐놓은 푸른 비닐 천막은 흉흉했습니다. 다행히 책방 안은 큰 불편이 없었습니다. 가끔 책방에 손님이 한둘 찾아와도 반갑게 맞이할 수 있는 이유였습니다.

그러나 코로나19 확진자가 폭증하자 책방의 발길은 다시 뚝 끊겼습니다. 비 피해를 입었을 때는 생각했습니다. 큰돈이 들어가는 게 문제지만 비 그치면 공사를 하면 된다. 그러니 화가 나거나 낙담할 일은 아니었습니다. 그런데 코로나19 확산은 다른 문제였습니다. 뉴스를 볼 때마다 화가 나고 우울했습니다. 그걸 견딜 수 있는 방법은 뉴스를 더이상 보지 않고, 책 속으로 빠져드는 것이었습니다. 그럼에도 행정안내 문자가 계속 울려대니 소식을 끊을 수는 없었습니다.

코로나19 확진자가 연일 200~300명이 넘나들고 있는 때, 긴 장마가 끝났습니다. 드디어 공사를 시작했습니다. 그런데 집이 무려 4층이나 되다 보니 공사비 예산이 만만찮게 나왔습니다. 4층이나 되다 보니 고속작업차로 일을 해야 하고, 황토 벽돌을 쌓는 거라 전문가가 와야 하는 등 여러 가지가 일반 공사와 달랐습니다. 공사하는 참에 그동안 하지 못했던 공사도 한두 가지 더했습니다. 예산 외에 공사비가 늘어날 수밖에 없었습니다.

업체 대표와 실제 공사를 담당하는 팀장은 공사 범위와 방법, 과정을 우리와 의논해서 진행했습니다. 공사를 실행하는 사람과 생활하는 사람의 간격이 대화를 통해 매워졌습니다. 그렇지 않으면 결과물이 달라질 수 있기 때문입니다.

오래전, 아파트 인테리어 공사를 할 때 일입니다. 입주를 앞두고 공사를 시작했는데, 직장을 다닐 때라 업체에 일을 맡기고 자주 가보지 못했습니다. 어느 날 퇴근 후 갔더니 문이며 창틀이며 몰딩 등이 온통 분홍색으로 칠해져 있었습니다. 제가 주문한 색깔은 연한 하늘색이었습니다!

"요즘 이 색깔이 유행이라서 저도 모르게 그만 ……."

담당자는 땀으로 범벅된 얼굴로 말했습니다. 그가 잘못했으므로 다시 하면 됐습니다. 그런데 그가 한 며칠 수고는 물론 비용이 그대로 물거품이 된다 생각하니 차마 다시 해달라는 말이 떨어지지 않았습니다. 결국 저는 분홍색 집에서 10년을 살았습니다.

공사 진행과정을 보는 것은 즐거운 일입니다. 이렇게 하면 어떨까, 저렇게 하면 어떨까 서로의 생각을 맞춰 하나의 결과물이 나오기 때문입니다. 그러니 집을 짓는 것은 얼마나 즐거울까 생각합니다.

며칠 전, 공사를 하는 사람들과 커피를 마시며 말했습니다.

"생각했던 것을 직접 만들어내니 저보다 더 즐거우실 것 같아요."

그는 너무나 어이가 없다는 듯 헛웃음을 지으며 말했습니다.

"한 번도 즐겁다는 생각을 해본 적이 없어요. 그냥 할 뿐이죠."

줄줄 흐르는 땀을 젖은 수건으로 훔치며 그가 덧붙였습니다.

"공사할 때마다 그냥 이번 공사는 돈이나 잘 받았으면 좋겠다 생각할 뿐이죠. 돈 떼먹는 사람들이 참 많아요. 심지어 기업도 돈을 안 주기도 해요."

어떻게 그럴 수 있느냐며 흥분했지만, 공사 현장에서는 그런 일이 많다고 했습니다. 그런 그에게 일이 즐겁지 않냐는 말은 그야말로 '말 같지 않은 말'이 되고 말았습니다. 먹고 사는 일이란 얼마나 너절한 일인가 싶었습니다.

공사는 오래 진행됐습니다. 폭염주의보가 울려대도 그들은 공사를 계속했습니다. 중간에 비 오고, 태풍이 지나가느라 공사 기간이 더 늘어났습니다. 그래도 저는 돈 걱정만 빼면 '즐겁게' 일을 바라봅니다. 여전히 생활은 불편합니다. 서울의 아파트 생활을 생각하면 말할 수 없이 불편합니다. 물론 아파트에 살고 있었다면 겪지 않았을 일이기도 하지요. 그런데도 이 일을 담담히 치러낼 수 있는 것은 제가 선택한 시골에서의 삶이기 때문입니다. 어쩌면 더 이상 젊지 않아서일지도 모르겠습니다. 그냥 받아들여집니다. 불편하다고 생각했던 것은 그냥 생활의 일부가 됐습니다.

시골에서의 삶은 한 번도 경험하지 못한 생활의 연속입니다. 그래서 좋습니다. 이 와중에 며칠 전 심은 김장배추 모종은 꼿꼿하게 자리를 잡았고, 김장무 씨앗은 싹을 틔웠습니다. 시간이 지날수록 배추와 무는 쑥쑥 자랄 것입니다. 아파트에서 편안하게 있는 것보다 지금이 훨씬 좋은 이유입니다.

어슬렁거리며
살아요

"만약 코로나가 끝나고 아이와 여행을 가신다면 어디로 가고 싶으세요?"

"제주올레요."

얼마 전, 비대면 강의를 했을 때 나온 질문과 답이었습니다. 이미 시골에 정착한 저와 청년이 된 아들이 제주올레를 다시 걸을 일이 있을까 싶지만, 툭 튀어나온 대답이었습니다. 그러나 만약 아이가 어리고 여행을 떠난다면 저는 두 번 생각할 것도 없이 제주올레를 택할 것입니다.

그날의 강의 내용은 제가 쓴 책 『아이와 여행하다 놀다 공부하다』였습니다. 이 책은 한 신문에 '교과서여행'이란 칼럼으로 2년 넘도록 연재한 것을 추려서 낸 책입니다. 책 제목과 칼럼 제목에서 바로 알 수 있듯, 이 책은 아이와 함께 여행할 때 교과와 관계된 곳을 한 번쯤 가보라고 권하는 일종의 여행 정보서입니다. 주로 초등 사회와 국어 교과와 연계된 곳들이 대부분입니다. 책을 낸 입장에서 이 책을 적극 홍보해야 하는데, 그만 다른 말이 줄줄 나오고 말았습니다.

그렇게 특정한 곳을 '찍고' 오는 것은 사실 여행이 아니다, 진짜 아이와 함께하는 여행은 아이와 함께하는 것이다, 그러기 위해서는 일없이 걷는 것이 가장 좋은 것 같다, 그런 면에서 제주올레는 최고의 여행지다 등등.

시골에 정착한 지금은 사실 여행을 다니지 않습니다. 그러나 만약 지금도 도시에 살고 있다면 저는 끊임없이 짐을 꾸려 떠났을 것입니다. 역마살이 낀 것처럼 저는 돌아다니길 좋아했습니다. 때로는 아이를 위한 여행도 있었지만, 사실 마음 깊은 여행의 목적은 저를 위한 것이었습니다. 그래서 저는 혼자 떠날 수 없어 아이를 앞세우고 떠난다는 말을 곧잘 했었습니다.

오랜만에 아이와 함께한 여행 이야기를 하다 보니 아이와 함께 다녔던 곳들이 새록새록 떠올랐습니다. 뿐만 아니라 아이와 함께했던 여행이 얼마나 큰 자산인지 정말이지 새삼스럽게 뿌듯할 정도였습니다.

지금도 기억에 남는 장면 2가지입니다.

#1. 제주올레길을 걷다 할머니 한 분을 만나자 우리는 꾸벅 인사를 했다. 그러자 그 할머니는 귤 한 개와 호주머니에서 천 원짜리 한 장을 꺼내주시면서 맛있는 거 사 먹으라고 말씀하셨다. 차마 그 돈을 받을 수 없어 거절하자 할머니는 말씀하셨다. "인사해 준 게 너무 고마워서."

#2. 제주올레길을 걷다 밭에서 식사를 하고 계신 어른들께 인사를 했다. 마침 점심때. 그들은 우리를 불러 콩나물과 쌈장을 넣고 쓱쓱 비벼서 아이에게 내밀었다. 당신들이 먹던 대접에, 먹던 숟가락으로. 아이가 안 먹으면 저걸 다 내가 먹어야 한다는 생각으로 내 머리가 아득해질 무렵, 아이는 한 그릇을 뚝딱했다. 나중에 아이에게 물었다.

"너 그거 어떻게 먹었어?"

"그럼 안 먹어요? 어른들이 주신 건데."

한참 걷기에 빠졌던 시절, 저는 혼자도 걸었지만 아이와 함께 제주올레를 걷고, 지리산둘레길을 걷고, 한강고수부지를 걸었습니다. 짧게는 하루 서너 시간, 길게는 하루 9시간도 걸었습니다. 북한산, 지리산 등 산에도 자주 갔습니다. 그렇게 멀리 갈 수 없는 때는 서울을 걸었습니다. 서촌과 북촌을 걷기도 하고, 합정동을 걷기도 하고, 광화문에서 목동까지 종일 걷기도 했습니다.

광화문에서 목동까지 걸었을 때는 사직터널을 지나 영천시장을 지나고, 연남동과 서교동을 거쳐 양화대교, 선유도공원, 한강고수부지 등으로 길을 이어나갔습니다. 물론 이런 길을 걸을 때는 대로를 따라 걷지 않았습니다. 골목을 따라 고불고불 길을 이어나갔으며 어슬렁댔습니다. 그저 걸으며 어슬렁대는 것이 목적이라면 목적이었습니다.

그곳에서 우리가 본 것은 사람이 살아가는 풍경이었습니다. 헌책방에 들어가 책도 구경하고, 오래된 골목에 앉아 있는 할머니도 만나고, 플라스틱 화분에 심긴 고추도 보고. 그러다 떡볶이와 만두도 사 먹고, 핫초코도 사 먹었습니다.

차를 탔으면 후딱 지나갔을 양화대교를 걷다 선유도에 들어가 한강고수부지로 나아가기도 했지요. 만약에 다시 그 시절로 돌아간다면 저는 여전히 그렇게 아이를 데리고 여행을 다닐 것입니다. 지금 생각해도 정말 좋은 여행이었습니다. 그런 길을 함께 걸어준 아들에게 새삼 고맙네요.

이제 20대 청년이 된 아들과 이젠 그 추억을 이야기합니다. 함께한 추억이 많아서 그런지, 혹은 어린 시절부터 이야기를 많이 한 탓인지 저는 아들과의 대화가 꽤 즐겁습니다. 아들에게 배우는 것도 많습니다.

"여행은 있는 곳을 벗어나는 것이잖아요."

부모를 따라 여행을 했던 아들은 이제 자신만의 여행을 다닙니다. 여행지를 선택하고, 여행의 방법을 선택하는 것은 그의 몫입니다. 이제 자신의 길을 떠나기 때문입니다.

시골에 사는 저는 집 주변을 어슬렁거리는 것으로도 충분합니다. 매일 변하는 하늘과 바람과 햇살과 나무 들을 보는 것만으로 아직 하루가 꽉 차기 때문입니다. 그래도 일상을 벗어나 떠난다면 저는 어딘가를 어슬렁거리다 올 것입니다.

9.

시골책방이
북적였어요

어쩌다 보니 연이어 이틀 동안 큰 행사를 치렀습니다.

시인 이병률과 수클래식의 아름다운 위로, 아동문학가 박
혜선과 함께하는 환경동시쓰기 대회, 바리톤 임준식과 소프라
노 박성연의 듀엣 콘서트.

이병률 시인과는 새 시집 『이별이 오늘 만나자고 한다』가
나온 직후 독자와의 만남을 하기로 약속했었습니다. 그러다
경기도에 있는 동네책방지기들이 만나는 자리가 있으면 좋겠
다는 이야기가 나왔고, 경기콘텐츠진흥원의 도움으로 수클래
식 공연으로까지 이어졌습니다. 물론 코로나19로 모임이 어려
운 때이긴 하지만 야외에서 진행하는 행사이니 조금은 가능하
지 않을까 싶었지요. 다행히 2.5단계까지 올라갔던 사회적거

리두기도 1단계로 하향됐습니다.

그러는 사이 날씨가 점점 쌀쌀해지더니 급기야 밤에는 추웠습니다. 7시 행사를 2시로 급변경. 그런데도 하루가 다르게 온도가 내려갔습니다. 날짜가 가까워질수록 매일 기온 확인하는 게 일이었습니다.

드디어 행사 당일. 추웠습니다. 바람도 불었습니다. 그러나 50명이 넘는 인원이 안에서 할 수는 없는 일. 춥다고, 따듯하게 입고 오라고 말을 했지만 그래도 추운 건 추운 것. 행사를 진행하는 입장에서는 신경을 안 쓸래야 안 쓸 수가 없었습니다. 평소에는 텅 비어 있는 주차장도 인원이 많다 보니 주차도 누군가 신경을 써야 했습니다. 행사가 끝난 후 책방지기들의 모임과 간단한 식사 준비도 해야 했습니다. 머리와 몸이 바쁘게 움직일 수밖에 없었습니다. 그 와중에 야외 행사이다 보니 강의 형식이 아닌 토크 형식이 좋겠다 싶어 졸지에 이병률 시인과 마주 앉기로 했습니다.

시간이 되자 차들이 하나둘 들어왔습니다. 클래식 연주자들은 2시간 전에 와서 리허설 중이었습니다. 이병률 시인은 단풍철이라 차가 막혀 파주에서 무려 3시간 반이나 걸려 도착했지요.

나무 아래 의자들이 놓이고, 사람들이 앉고. 드디어 이병률 시인과 마주앉아 이야기를 시작했습니다. 바람이 불 때마다 나뭇잎이 떨어지고, 햇살이 비쳤습니다. 쌀쌀하지만 푸르고 맑은 날씨. 일상의 언어들이 이병률 시인과 이야기를 나누면서 자꾸 낯선 언어가 됐습니다. 좋은 시인과 앉아 이야기를 나눈다는 것이 이런 것이구나. 나의 언어가 그의 언어를 만나면서 점점 젖어들었습니다. 춥고, 뒤이어 콘서트도 있어서 그만 끝낸다는 게 아쉽고 아쉬울 뿐이었습니다. 조금 더 이야기를 할 수 있다면, 생각했습니다.

그와의 시간이 끝나고 연이어 클래식 콘서트를 진행했습니다. 테너 진세헌, 이지훈, 소프라노 임미령, 플루티스트 송민조, 피아니스트 조아라. 이들의 연주는 시의 세계에 젖어들었던 사람들을 음악의 세계로 데려다 놓았습니다. 바람이 불고, 악보가 날아가고, 나뭇잎이 떨어졌습니다. 꿈 같은 세상.

낯선 세상에 가 있던 나는 일상으로 돌아와 커피를 내리고 책을 팔았습니다. 그리고 먼 곳에서 온 책방지기들을 위해 바비큐를 하고 떡과 김밥, 국물 등을 준비했습니다. 모닥불을 피워놓고 모여 앉았지만 그래도 날씨가 쌀쌀해 바비큐는 금세 식었습니다. 날씨만 따뜻했다면, 생각했습니다.

모두 돌아가고 나서 앞치마를 풀고 나니 밤 10시. 캔맥주를 하나 따서 소파에 앉아 저린 발바닥을 주물렀습니다.

그리고 이튿날. 오전 10시 아동문학가 박혜선과 함께하는 환경동시쓰기를 진행했습니다. 근처 용담저수지를 돌며 쓰레기를 줍고, 동시를 쓰고, 그걸 발표하는 시간. 어른들은 날씨가 쌀쌀해 걱정했지만 아이들은 아랑곳하지 않고 신났습니다. 행사가 끝난 후 아이들과 엄마들이 말했습니다.

"이런 행사, 자주 좀 해주세요."

저는 웃었습니다. 이 행사는 사실 지원받은 행사에서 비용이 조금 남아 진행한 것입니다. 지원받지 않으면 할 수 없는 몇몇 행사들.

오후 4시에는 바리톤 임준식과 소프라노 박성연의 듀엣 콘서트를 진행했습니다. 야외에서 진행하기로 했지만 쌀쌀한 날씨 때문에 안에서 진행했습니다. 오전에 행사를 진행하고, 또 다른 회의에 참가하느라 미처 안에서 진행한다는 문자를 일일이 돌리지 못했습니다. 몇몇 사람들은 야외에서 하는 줄 알고 내복까지 입고 왔다고 왜 연락을 하지 않았느냐고 했습니다. 죄송하다는 말밖에 할 말이 없었습니다.

바리톤 임준식과 소프라노 박성연의 연주를 보면서 또 생각했습니다. 이런 호사를 누리고 사는구나. 음악회를 하거나 작가를 초대하거나 할 때마다 그 행사에 함께하는 사람들도 누리지만 가장 먼저 누리는 사람은 책방주인인 저입니다. 어디에서 제가 이런 호사를 누리겠어요.

한때 열심히 콘서트장을 찾아다닐 때 오가는 길이 고단해도 그 콘서트에서 받은 힘으로 다시 일상을 살아가곤 했습니다. 콘서트장에서 연주자들이 튜닝을 시작할 때 떨리는 마음으로 앉아 있던 시절. 저의 일상은 그렇게 벗어나는 힘으로 버티곤 했습니다.

매 순간 선택을 하면서 살아갑니다. 같은 시간, 같은 비용. 무엇에 쓸 것인가. 그에 따라 인생의 결이 달라집니다. 어린 시절 같이 웃고 떠들었던 친구들이 나이 들어가면서 서로 다른 풍경으로 사는 이유입니다.

행사 덕분에 연이틀 책방이 북적댔습니다. 지금은 일요일 오후. 책방에는 두 사람이 앉아 나의 서재에서 오래된 책을 꺼내 읽고 있습니다. 조용한 책방. 라디오에서 나오는 음악 소리.

매일 북적이면, 생각하지만 이내 아이고, 고개를 내젓습니다. 그러다 웃습니다. 그럴 리가 없지. 시골책방이.

10.

서점의
언어

손님이 왔습니다. 그들은 커피를 주문하고 책방을 쓱 둘러 봤습니다. 분위기가 책에 관심 있어 보이지 않았습니다. 역시 그들은 커피를 마시면서 대화에 집중했습니다. 손님이 오면 저는 제 책상에 앉아 일을 합니다. 일에 집중하다 보면 손님들의 대화가 잘 들리지 않습니다.

그런데 그날은 달랐습니다. 중년의 여성과 남성 4명은 목소리가 컸습니다. 한 사람이 큰목소리로 말했습니다.

"매일 이 커피 한 잔 값으로 주식을 사면 10년 뒤, 20년 뒤 인생이 달라지는 거야."

순간 그동안 내가 마신 커피값으로 만약 주식을 샀다면, 생각했습니다. 30년도 더 커피를 마셨으니 커피를 마시지 않고 그 돈으로 주식을 샀다면 나는 얼마나 큰 부자가 되었을까. 큰 부자가 되어 나이 든 내가 이제부터 커피를 마셔야지, 한다면 나는 아마 값비싼 커피를 마시겠지. 커피 맛도 모르면서 무조건 비싼 것을 찾아 마실지도 몰라. 그러자 그동안 마신 커피들이 앞서거니 뒤서거니 눈앞에 나타났습니다.

맥스웰 분말 커피, 초이스 분말 커피 등의 커피 브랜드가 맨 처음 떠올랐습니다. 설탕 몇 스푼, 프리마 몇 스푼씩 해서 먹었던 달달한 커피들. 이후 출근해서 마시기 시작해 퇴근할 때까지 뽑아 먹던 자판기 커피들.

그러다 핸드드립 커피숍을 찾아다니고, 혼자 내려 마시고, 드디어 한국에 상륙한 스타벅스에 열광하고, 캡슐커피머신도 구입하고, 이런저런 볶은 커피를 사다 융드립까지 해서 마시고…….

제가 잠깐 커피 생각에 빠져 있는 동안 그들의 목소리는 더 커졌습니다. 주로 주식과 부동산 이야기였습니다. 저는 커피 생각에서 빠져나오다 자리에서 일어났습니다. 책상에는 할 일이 쌓여 있었지만 더는 앉아 있을 수 없었습니다. 밖으로 나와 마당을 걸으며 하늘을 보고 소나무를 올려다봤습니다. 연잎도 좀 보고, 수국도 좀 보고. 그러다 멍하니 먼 산을 바라보기도 했습니다.

책방에서의 언어는 '책'에서 비롯됩니다. 물론 주식이나 부동산 투자 관련 책이 있다면 그곳에서부터 또 이야기가 시작되겠지만, 시골책방에는 없습니다. 시골책방에는 책이 다양하지 않습니다. 책을 조금밖에 갖다 놓을 수 없기 때문입니다. 그렇다 보니 내가 읽고 싶은, 관심 있는 책만 갖다 놓을 수밖에 없고 그것이 그대로 서점의 색깔이 됩니다. 재테크에 열심을 부릴 것 같았으면 시골에 책방을 차릴 수는 없는 일이기 때문입니다.

시골책방에서의 언어는 '자연'에서 비롯됩니다. 시골 마을 끄트머리에 있고, 소나무숲이 있고, 개울이 있고, 멀리 산이 보입니다. 더 많이 하늘이 보입니다. 바람은 또 얼마나 자주 부는지 모릅니다. 대화는 그런 단어들로 시작됩니다.

이 소설을 읽고 잠을 못 잤다, 책을 읽다 눈물이 났다, 이 책을 보면서 누구 생각이 났다, 이렇게 두꺼운데 읽을 수 있을까, 이 책은 혼자 읽기 아깝다 등등. 그러다 바람이 너무 좋다, 배추가 잘 자란다, 물소리가 좋다, 구름이 아름답다 등으로 이어집니다.

이런 말을 하면서 누군가와 비교하고, 시기할 수는 없는 일입니다. 나보다 더 좋은 차를 탄다고 해서 부러울 것도 없고,

아파트 값이 올랐다 덜 올랐다 말할 것도 없습니다. 명품 브랜드 상품을, 고급 레스토랑 메뉴를 말할 것도 없습니다. 어쩌면 자신도 모른 채 살아가는 자신의 맨 모습을 그대로 만나는 곳일지도 모릅니다.

우리 책방에 와서 독서모임을 하는 사람이 『시골책방입니다』를 읽고 이런 말을 한 적이 있습니다.

"『시골책방입니다』에 나오는 이야기는 나의 현실과 너무 다르다. 솔직히 돈 버는 것에 독이 올라 살아간다. 내 주변 사람들 모두 그렇다. 책 속 이야기가 픽션 같다. 물론 있는 이야기를 썼겠지만, 이런 세상이 있다는 게 믿기지 않는다. 바쁜 중에도 월요일 이 시간에 오고, 심지어 책을 읽지 않은 날도 그냥 오는 이유는 이곳이 내게 현실 도피처이기 때문이다."

시골책방에서의 대화는 누군가가 보기에 '픽션' 같은 것입니다. 현실에서 부대끼면서 사는 세상이 아닌, 잠시 낯선 세상이 이 시골책방에서 펼쳐지기 때문입니다.

제가 이곳에서 좋다, 좋다 말하면서 사는 이유도 그렇습니다. 시골을 선택하고, 책을 선택하고, 커피를 선택하고, 음악을 선택하고, 나무를 선택하고 하는 것들. 즉 제가 좋은 것을 선택하니 좋을 밖에요.

그들이 떠난 후에야 저는 안으로 들어왔습니다. 비로소 세상이 편안해졌습니다. 책방에서의 언어, 책방에서의 대화가 저를 행복하게 했던 이유를 비로소 깨달았습니다. 손님은 종일 그들이 전부였습니다.

11.

사람이
좋다

그녀는 혼자 왔습니다. 얼굴은 오십 안팎으로 보였지만, 요즘은 나이를 맞추기가 힘들지요. 그녀는 창가에 앉아 커피를 마시고 일어나 책들 앞에서 서성댔습니다. 그러다 이제 그만 돌아가는가 싶었던 찰나, 문득 그녀가 내게 말을 걸었습니다. 친구가 없어요, 라고.

"친구가 없어요. …… 물론 친구야 있지요. 그런데 이야기를 나눌 친구가 없어요."

친구가 없다, 라는 말에 저는 그만 그녀의 눈에 제 눈을 고정시킬 수밖에 없었습니다. 그리고 말했습니다.

"저도 친구가 없어요."

그녀가 돌아간 지 하루가 지나도록 저는 그 말에 맴돌고 있었습니다. 나의 친구들은 어디에 있나. 나는 누구의 친구인가.

저라고 왜 친구가 없겠어요. 얼굴들이 떠올랐습니다. 가장 오랫동안 만났던 친구의 얼굴이 떠올랐습니다. 아주 어릴 때 만난 친구부터 사회에서 만난 친구까지 한 사람 한 사람 생각 했습니다. 그들을 만났을 때 저의 눈빛과 그들의 눈빛을 생각 했습니다. 모두 좋은 사람들.

그러나 오래 만났다고 과연 '친한 사이'일까. 은희경의 소설 『빛의 과거』는 그 지점에서 시작됩니다.

'가장 친한 친구가 아닌 것과는 상관없이 그녀는 나의 가장 오래된 친구이다.'

소설의 첫 문장입니다. 무려 40년 전 여자대학 신입생 때 기 숙사에서 만난 친구. 그러니 얼마나 오래된 친구인가요. 그러 나 이들이 반드시 '친한' 것은 아닙니다. 은희경의 소설의 맛은 바로 이런 데서 시작되지요. 『빛의 과거』를 읽으면서 저의 가 장 오래된 친구들을 떠올린 것은, 고개를 끄덕이면서 공감한 것은 소설 속 이야기가 '오래된 친구'를 이야기했기 때문일 것 입니다.

혼자 왔던 그녀가 말했습니다.

"저는 책을 읽고 누군가와 이야기를 나누고 싶어요. 그런데 제 주변을 아무리 둘러봐도 그런 친구가 없어요. 시도 읽어보고 싶어요. 그런데 누군가와 그런 이야기를 나눌 수가 없어요. 친구가 없다고 생각하니까 마치 내가 잘못 살아왔나 싶어요."

생각해보니 나는 누구와 가슴 떨리며 읽었던 책 이야기를 했었나 싶습니다. 책방을 하면서 비로소 이곳에서 책으로 수다를 떨고 있다는 것을 깨달았습니다.

친구가 저를 떠날 때도 있었고, 저 역시 친구를 떠나왔을 때가 있었습니다. 한때는 가장 친하게 지냈던 친구들이 그렇게 기억 속에 머물러 있습니다. 때때로 그런 것들은 마치 생살에 난 상처 같습니다.

책방을 차린 이유가 뭐냐는 질문 앞에서 나는 곧잘 사람을 만나고 싶어서라고 말합니다. 한 친구가 물었습니다. 만나지 않고는 못 사는가. 혼자서는 못 사는가.

그래서 생각해 보니 사람을 만나지 않고 살기는 쉽지 않다는 생각이 들었습니다. 혼자가 좋은 이유는 사람들이 있기 때문입니다. 물론 언제나 사람들과 같이 있는 것은 아닙니다. 사실 시골책방에서의 저는 혼자 있는 시간이 꽤 많습니다. 그럼에도 가끔 누군가 찾아와 이야기를 나누고, 반짝반짝 그들의 시간을 만납니다.

친구를 만나면서도 친구가 없다, 라고 생각하는 것은 친구와의 만남이 온전히 나의 시간이 되지 못하기 때문일 것입니다. 내 시간을 타인에게 내주고 났을 때는 채워져야 합니다. 그를 통해 내가 채워지고, 나를 통해 그도 채워지고. 채움은 온기 같은 것입니다. 가슴이 만나 함께 기쁨을 누릴 수 있어야 하는 것입니다. 그래서 친구를 깊이 만나고 나면 풍성해질 수밖에 없습니다.

"친구들이 있기는 해요. 만나서 말도 많이 하죠."

그렇지. 친구들과 만나 얼마나 많은 말을 하나요. 멋진 카페와 맛집을 찾아다니면서 교육, 부동산, 종교, 연예 등등 나만 아는 것 같은, 나만 모르는 것 같은 이야기를 얼마나 많이 하나요. 그러다 속내를 아는 친구에게는 남편, 자식, 시부모 등등 나를 둘러싼 주변 이야기를 하게 됩니다. 목이 아프도록 말합니다. 때로 이런 '수다'들은 나를 살립니다. 그렇지 않으면 때때로 속이 새까맣게 타들어가는 듯한 구질구질한 생활을 어떻게 잠시라도 벗어날 수가 있단 말인가요. 살아가는 일은 너나 할 것 없이 다 구차함이 따릅니다.

그러나, 그래도 언제나 그 이야기만 하고 살 수는 없는 일입니다. 답답한 속 이야기도 하루이틀입니다. 동어반복은 서로를 지치게 합니다. 그야말로 빈 배처럼 텅 빈 순간이 찾아옵니다. 삶에 허기가 지는 것입니다.

시골책방을 혼자 찾아오는 사람들 중에는 그 허기를 메우기 위해 찾아오는 사람이 있는지도 모릅니다. 그리고 그 잠깐 동안 자신에게 찾아온 자신을 만나는지 모릅니다. 나뭇잎이 떨어져 흐드러진 시골길을 혼자 걷는 순간에 자기를 만나지 않으면 대체 언제 만난단 말인가요.

사람이 그리울 때 저는 때때로 책을 만나고, 그림을 만나고, 음악을 만납니다. 바람을 느끼고, 햇살을 느끼고, 거친 소나무의 몸통을 천천히 만져봄으로써 나무 안으로 들어가보기도 합니다. 이런 것들은 언제나 좋습니다. 그래도 사람이 더 좋습니다.

12.

명이나물이
새순을 틔웠다

지난해 심은 명이나물을 까마득히 잊고 있었는데 오늘 아침 갑자기 이것들이 불쑥불쑥 사방에서 튀어나와 있는 걸 발견했습니다. 가까이 있어 매일 들여다보면서 싹을 기다리는 것들은 쉽게 모습을 안 드러내는데 오히려 잊고 있던 이것들은 쑥 자라서 허리를 꼿꼿하게 세우고 있습니다. 신통방통한 명이나물 새순 앞에서 할 말을 잃고 들여다보고 또 들여다봤습니다.

이렇게 불쑥 새순을 내민 명이나물을 보고 문득 어젯밤 아들과 했던 대화가 생각났습니다. 몇 마디 재촉하는 말을 했더니 아들은 믿고 기다리세요, 그래야 제가 스스로 성장하지요, 라고 말했습니다. 자식과의 관계야말로 거리 두기가 필요하다는 것을 알면서도 사실 쉽지 않습니다. 눈에 빤히 보이는 것을 보지 않을 수 없고, 다른 집 자식들과 비교를 하지 않을래야 않을 수 없습니다. 보지 않는 게 상책입니다. 보지 않고 있다 보면 명이나물이 이렇게 쑥 새순을 내밀듯 달라진, 그래서 성장한 모습을 발견할 수 있기 때문입니다.

제가 이렇듯 몇 마디 재촉하게 된 배경에는 사실 이유가 있습니다. 가까운 이가 아들 앞에서 아들 걱정을 했다는 말을 들었기 때문입니다. 걱정을 하는 듯하지만, 사실은 조금은 흉을 본 것이지요. 황당해하는 아들 앞에서 처음에는 너를 생각해서 그런 거야, 라고 말했습니다. 계속 봐야 할 사람이라 안 좋은 말을 하면 안 될 것 같았기 때문입니다.

그러나 아들이 서운해하고, 사리분별을 못하는 어린아이도 아니고 해서 나중에는 맞장구치며 그의 오지랖에 대해 이야기하고 웃었습니다. 그런데, 시간이 지날수록 조금 화가 났습니다. 아니, 왜 남의 아들을 걱정하고 난리야. 결국 그 화는 내 안에서 튀어나와 잔소리로 이어지고 말았습니다.

부모의 역할 중 가장 중요한 것은 부모의 삶을 살아가는 것이라고 생각합니다. 한 아이의 엄마이기 전에 저는 한 사람입니다. 주체적인 삶을 살아가야 하는 한 사람입니다. 내 삶을 잘 살아내야 할 의무가 있고, 나만의 삶을 살아낼 권리가 있습니다. 내 삶이 뿌리를 내리고 흔들리지 말아야 합니다. 쉽지 않습니다. 정답이 없습니다. 사는 일이므로.

엄마 역할 역시 어렵고 정답이 없습니다. 특히 아이가 어렸을 때는 주변 '엄마들' 이야기는 너무나 정답 같은 게 많습니다. 왜 그렇게 '엄마들'은 아는 것이 많을까요. 한 개인인 '엄마'는 '엄마들' 속으로 들어가 권력이 되기도 합니다. 소위 '강남 엄마들'뿐만 아닙니다. 어디든 아이들이 있으면 '엄마들'이 있고, '엄마들' 집단은 만들어집니다. '엄마들' 속에서 떠나와 한 사람으로 오롯이 섰을 때는 어떤 모습일까, 가끔 궁금한 경우도 있었습니다.

돌아가신 엄마는 저를 믿고 살았습니다. 20대 시절, 술에 취해 간신히 새벽에 귀가했던 날, 엄마는 말했습니다.

"새벽기도 갔다 오는데 젊은 여자애가 취해서 길거리에서 토하고 있더만."

물론 엄마가 본 그 젊은 여자애는 제가 아니었습니다. 그러나 그 모습은 제 모습이었습니다. 엄마한테 미안했지만, 그렇다고 제가 술을 끊지는 않았습니다. 그후로도 저는 오래 취했고, 지금도 간간이 술을 마십니다.

돌이켜보면 엄마는 한 여성으로서, 한 인간으로서 최선을 다하는 삶을 살았습니다. 당신 생각에 조금 잘난 자식은 앞세워 자랑도 하고, 조금 허물이 있는 자식을 탓도 했지만 그 자식들이 나이 든 지금은 다 각자의 몫으로 살아가고 있습니다.

자식은 뜻대로 되지 않는다는 말은 정답입니다. '뜻'을 생각하면 더더욱 정답입니다. 많은 부모는 자식이 공부 잘해 좋은 대학에 가고, 좋은 회사에 취직하고, 돈도 잘 벌고, 그래서 건강하고 행복하길 원합니다. 모든 사람이 이렇다면, 이런 세상은 마치 영화 속 같지요.

그러나 그냥 너 자신으로 살라고, 모자란 것은 모자란 대로, 잘하는 것은 잘하는 대로 있는 그대로를 바라보는 것은 쉽지 않습니다. 오늘은 그렇게 말해도 내일은 또 누군가가 한마디 해서 흔들립니다.

자식은 성장하고, 떠납니다. 결국 다시 나로 돌아올 수밖에 없습니다. 나는 어떤 삶을 지향하는가, 나는 어떤 사람으로 살아가고 싶은가.

커피 한 잔을 마셔도, 음악 한 곡을 들어도, 산책을 해도, 옷 한 벌을 사도, 그리고 책을 한 권 읽어도 모두 다릅니다. 누구도 나와 같을 수 없습니다. 저만 그런 게 아닙니다. 제 아들도 그렇고, 누구나 그렇습니다. 그런데 무슨 말을 할까요. 더욱이 다른 이들에게는 더더욱. 나는 내 삶을 살아야지. 그게 최선이지요.

13.

여기는
시골책방입니다

"책들은 어떤 기준으로 들여놓으세요?"

책방에서 가장 많이 받는 질문 중 하나입니다. 그럴 때마다 저의 대답은 한결같습니다.

"제가 읽고 싶은 책이요."

그렇습니다. 저는 제가 읽고 싶은 책을 갖다 놓습니다. 같은 책을 한두 권씩 갖다 놓기 때문에 때로는 제가 읽고 싶은 책을 누군가 사 가면 서운할 때도 있습니다. 다시 주문하면 되는데도 불구하고 말입니다.

대형서점과 달리 작은 책방은 책방주인이 한 권 한 권 고른 책들이 대부분입니다. 많고 많은 책 중에서 어떤 책을 고를 것인가. 그 기준은 책방마다 다르겠지만, 저는 제가 보고 싶은 책이 먼저입니다. 사실 책방을 하면서 읽고 싶은 책을 읽고, 그 책을 누군가와 이야기하고, 그 책이 맞는 사람이 나타났을 때 가장 행복합니다.

책을 고르기 위해 저는 거의 매일 인터넷 서점에 들어갑니다. 눈에 띄는 책이 있으면 목록을 작성했다 2, 3일에 한 번씩 주문하지요. 인터넷 서점에서 눈에 '잘' 띄는 책들이라고, 베스트셀러라고 무조건 고르지 않습니다. 어떤 때는 읽고 싶은 책이 베스트셀러가 되면 읽고 싶은 마음이 가시기도 합니다.

지금 우리 책방에 있는 책들 중에는 1년 전에 갖다 놓은 책도 더러 있지만 대부분 최근 들여놓은 책들입니다. 따끈따끈한 신간도 있고, 나온 지가 좀 됐어도 미처 읽지 못한 책, 혹은 읽었어도 누군가에게 권해주고 싶은 책들입니다.

그러다 보니 주문한 책이 들어오면 설렙니다. 그리고 그중에서 특히 더 보고 싶은 책들은 책상 한쪽에 쌓아둡니다. 그러니 책상에는 늘 읽어야 할 책들이 쌓여 있습니다. 책방을 하기 전에도 읽어야 할 책들을 쌓아놓고 있으면 배가 불렀는데, 이제는 사방에 읽을 책들이 널려 있으니 그야말로 언제나 배가 부른 상태입니다.

그런데 이것이 마냥 좋은 것만은 아닙니다. 새 책이 자꾸 들어오다 보니 밀려서 그만 읽지 못하고 지나가는 책들도 많기 때문입니다. 그리고 그런 책들이 여기저기서 목덜미를 잡아끄는 바람에 은근 스트레스가 되기도 합니다. 그럴 때는 얼른 책이 얼마나 많은데 그걸 다 읽으려 드느냐, 쉬는 것도 좋다 등등의 말을 스스로에게 하면서 조금은 합리화합니다.

이렇다 보니 책방에 진열된 책들은 비록 제가 읽지 않은 책이라도 저의 서가라는 생각이 듭니다. 서가는 또 다른 나입니다. 다른 사람의 서가를 훔쳐보는 일은 그 사람의 한 세계를 들여다보는 일과 같지요. 나와 같은 취향의 서가를 보면 친근하고 동질감을 느끼는 이유입니다.

낯선 사람이 책방에 들어와 책을 한 번 훑어볼 때 조금 긴장하는데, 때로는 제 속을 들여다보는 것 같기 때문입니다. 어떤 때는 손님과 함께 진열된 책을 훑어보다 읽을 만한 책이 없다 싶을 때도 있습니다. 그럴 때는 조바심이 나서 얼른 인터넷 서점을 뒤적거립니다.

문제는 저는 '책방주인'이라는 것입니다. 제가 책방에 들여놓는 책은 제가 보기 위해서도 있지만, 판매가 목적이지요. 사람들은 저마다 다른 이유로 책을 고르지만, 아무래도 베스트셀러, 잘 알려진 작가, 들어 봤음직한 책들을 고르는 경우가 많습니다. 그래서 때로는 베스트셀러를 만들기도 하고, 책이 나오면 여기저기 알리려고 노력하는 것입니다. 책은 상품이기 때문이지요. 그러니 저로서는 '팔리는 책'을 갖다 놓아야 합니다!

최근 베스트셀러 세 권을 들여놓았는데 곧바로 두 권이 팔렸습니다.(작은 시골책방에서 두 권이 바로 팔리는 일은 시골책방 내에서도 베스트셀러!) 사실 이 책은 저 역시 꽤 좋아하는 작가의 책이었습니다. 그의 책을 꽤 많이 읽기도 했습니다. 그런데 굳이 들여놓지 않았던 이유는 출판사의 장삿속이 너무 빤히 보였기 때문입니다. 마케팅을 너무 잘해서 질렸다고나 할까. 그런데 역시 잘 팔렸습니다. 저는 다시 그 책을 여러 권 주문했습니다. 책이 팔려서 좋았지만, 한편으로는 조금은 안 좋기도 했습니다.

저는 책방주인입니다. 책뿐만 아니라 커피도 팝니다. 취미생활쯤으로 여기는 이들도 있지만, 책과 커피를 팔아서 꾸려야 합니다. 당연히 팔리는 책을 갖다 놓아야 하지요. 그럼에도 대형서점 베스트셀러 목록을 따르거나 마케팅을 많이 하는 책을 갖다 놓고 싶지 않습니다. 왜? 책방주인인 제 마음대로니까요.

누구나 저마다의 기준으로 살아갑니다. 오늘 나의 기준이 내일도 같을 수는 없습니다. 나의 시야는 늘 한계가 있고, 나이 들어서도 흔들리면서 살아갈 수밖에 없습니다. 때로는 좀 팔아볼 요량으로 조금씩 갖다 놓기도 하지만, 그래도 시골책방의 베스트셀러 목록을 대형서점 베스트셀러 목록으로 채울 수는 없지요. 이런 작은 책방이 동네마다 필요한 것은 다양성입니다. 책방의 색깔은 여타의 다른 것이 아닌, 바로 책에 있습니다.

14.

문화공간으로서의
책방

시골책방에서는 작가 강연도 하고, 클래식 콘서트도 하고, 글쓰기 수업 같은 것도 합니다. 무작정 내 멋대로 책방을 열고 손님을 기다릴 때 인터넷으로 몇몇 책방을 찾아다녔습니다. 가장 처음 눈에 띈 것은 심야책방이었습니다. 너무 근사했습니다. 이런 거라면 얼마든지 할 수 있다 생각했지요. 그러잖아도 영화와 뮤지컬, 오페라 같은 DVD가 많았고, 이런 걸 주말 저녁마다 함께 보면 참 좋겠다고 생각했기 때문입니다.

그래서 시작했습니다. 프로그램에 따라 대여섯 명이 오기도 하고, 한두 명이 왔습니다. 조금 지쳤습니다. 시골이라 한계가 있구나. 그런데 나중에 보니 심야책방 공모사업이 있었습니다. 기획안 준비, 응모했는데 다행히 됐습니다. 그래서 진행했습니다. 더러는 많이 오기도 하고, 더러는 몇 명밖에 안 오기도 했지만 함께 시도 읽고, 함께 영화도 보고. 참 좋았습니다.

작가 강연을 하는 서점도 많았습니다. 개인적으로 아는 작가를 초대하나. 그런데 여기까지 오게 하려면 강사비를 얼마나 줘야 하나. 아는 그림작가가 아랫지방에서 좋은 프로그램을 진행했습니다. 책방도 구경할 겸 그 친구가 왔을 때 물었습니다.

"그런 행사를 진행하려면 강사비를 얼마나 줘야 해요?"

그 친구가 말했습니다.

"서울은 30, 경기도는 40, 이하는 50. 그리고 제주도는 비행깃값 별도. 그러니 책방 자체 행사가 아닌, 공모사업을 하세요."

그렇게들 하는구나 알았습니다. 공모사업에 그 친구와 함께 그림 수업을 하는 프로그램을 넣었습니다. 떨어졌습니다.

다른 공모사업에 됐습니다. 된 순간 몸이 저렸습니다. 좋아서. 작가들과 함께 이 시골책방에서 작품을 이야기한다는 것만으로도 좋았습니다. 그러는 동안 저는 20대 문청으로 돌아갔습니다.

지원사업 덕분에 작가 강연비 걱정을 하지 않았지만, 걱정이 없었던 게 아닙니다. 그 이야기를 함께 떨리며 들을 사람이 안 오면 어떡하지. 이곳이 시골이어서, 이곳이 알려지지 않아서 등등의 이유를 댈 수 있겠지만, 작가에게 미안한 마음은 어쩔 수 없었습니다. 그래서 얼른 올라가 밥을 하고, 따뜻한 밥상이라도 나누려고 했습니다.

지원사업 외에도 작가 초대를 했습니다. 지원사업이 아니어도 부르고 싶은 작가는 너무나 많았으니까요. 어느 날 한 선생이 강사비를 어떻게 주겠느냐고 물었습니다. 참가비와 인원수를 계산, 그만큼 안 와도 드리겠다고 했습니다. 다행히 넘었습니다.

어느 날은 그냥 오겠다는 선생도 있었습니다. (유명한 대학교수고, 좋은 책들을 쓴 그의 책을 나는 꽤 좋아합니다.) 강의가 끝나고 그래도 봉투를 챙겼더니 마다했습니다.

"책방 해서 얼마나 버신다고."

또 어느 날은 참가자가 봉투를 내밀었습니다.

"강사비도 못 챙겨 드릴 것 같아서요."

일을 오래 하다 보니 이렇게 저렇게 아는 작가들이 더러 있습니다만 아는 작가라고 그냥 부를 수 없습니다. 그는 오고 가느라 하루를 다 쓰기 때문입니다. 그러니 최소한의 강사비를 지급해야 하지요. 이곳에 놀러 오는 것과 강의하러 오는 것은 다른 문제이기 때문입니다.

책방을 하면서 공간을 꿈꿀 때, 저는 지금의 공간을 꿈꾸었습니다. 함께 작가를 만나고, 함께 공연을 보고, 함께 영화를 보는 공간. 그 모든 것의 바탕은 책을 통해서.

코로나 시국이라 겨울에는 행사 진행을 하지 못했습니다. 봄이 되고 날이 풀리면서 클래식 콘서트를 시작으로 몇몇 작가 초대를 진행하고 있습니다. 공모사업은 몇 군데나 지원했는데 안 됐습니다. 몇 날 며칠을 컴퓨터 앞에 앉아 기획안을 썼는데. 조금 아쉬웠지만 다양한 기획으로 하는 책방들이 많으니 어쩔 수 없지요.

그런데 사실, 공모사업을 한다고 책방이 돈을 버는 것은 아닙니다. 대부분의 공모사업은 강사비를 주고 나면 끝입니다. 공모 기획서 내는 것은 일의 4분의 1 정도. 공모에 되면 섭외, 진행, 보고서 작성 등 나머지 일을 순차적으로 마무리해야 됩니다. 그러느라 책상에 코 박고 앉아 있어야 합니다. 그런데 저를 비롯해 책방들이 왜 이 일을 할까요. 그래야 책방이 어쩌다 좀 북적이기도 하고, 책방을 좀 알리기도 하고, 책이라도 한 권 좀 팔고…… 사실 내 집이 아닌, 세를 내는 곳이었다면 임대료 때문에라도 손들고 나갔을 것 같긴 합니다. 그러니 이곳저곳의 작은 책방들은 어떻게 버틸까 싶네요.

책방은 개인사업입니다. 먹고 살아야 하는 당면 과제를 매일 풀어내야 하는 곳이지요. 그럼에도 다행히, 지원사업이 하나라도 되면 조금 더 다양한 일을 할 수 있습니다. 혼자 하는 일이 아닌 함께하는 일들. 이런 일을 꿈꾸는 것만으로도 사실은 좋습니다. 그래서 기획 단계 때 서류 작성에 힘들어하면서도 또 이 일을 할 수 있다면 얼마나 좋을까 설레며 컴퓨터 앞에 앉아 있습니다. 병이 깊은 것이지요.

이곳까지 와서 강의하고, 북토크를 하고, 그걸 함께하는 사람들은 매우 특별한 사람들입니다. 놀 것 많은 세상에서 시골 책방을 찾아와 작가를 만나겠다고, 시골 마당에서 펼쳐지는 콘서트를 보겠다고 오는 사람들. 기꺼이 비용을 지급하고 오는 사람들. 어찌 특별하지 않을 수 있을까요. 저의 병이 깊은 것처럼 그들도 병이 깊은 것이지요.

15.

책은 왜
정가를 주고
사야지요?

　수도권 거리두기 2.5단계가 시행되자 그나마 뜸하던 책방의 발길은 뚝 끊겼습니다. 코로나19 감염 걱정으로 한편으로는 다행이다 싶기도 하지만, 또 한편으로는 이렇게 손님이 없어서 어떻게 하나 걱정도 됩니다. 오늘 오전에는 갑자기 성인 남성 4명이 들어왔습니다.

　"저, 어떻게 오셨어요?"

　제가 눈을 동그랗게 뜨고 묻자 그들 역시 눈을 크게 뜨고 저를 보더니 말했습니다.

　"지금 커피 되나요?"

　이런! 한동안 손님이 없다 보니 그만 제가 책방과 카페를 하고 있다는 사실조차 잊었던 것입니다. 근처에 볼일을 보러 왔다는 그들은 책을 둘러보고는 말했습니다.

"책은 읽기 싫은데 책 있는 데 오니까 좋네."

이 책 저 책 열심히 살펴보길래 저는 기대에 차서 그들 중 하나라도 책 한 권을 집어 계산대로 갖고 오기만을 기다렸습니다.

"저희 밖에서 커피 마시고 갈게요."

흠! 결국 아무도 책을 구입하지 않았습니다. 그래도 며칠째 손님이 없다 커피를 넉 잔이나 판매했으니 다행이라 생각하기로 했습니다.

사실 책 한 권을 파는 것보다 커피 한 잔을 파는 것이 더 이익입니다. 그런데 참 이상한 게 커피 한 잔을 파는 것보다 책 한 권을 팔면 훨씬 기분이 좋습니다. 마치 제가 해야 할 일을 한 것 같은 기분까지 듭니다.

책방을 왜 할까. 큰돈을 버는 것도 아닌데, 이 시골 숲속에서 책방을 왜 할까. 가장 큰 이유는 좋아하기 때문입니다. 책방하는 제가 저는 좋습니다. 책방을 통해 다양한 사람들을 만나고, 좋은 작가들과 북토크를 진행하고, 클래식 연주자들과 콘서트를 진행하는 제가 저는 참 좋습니다.

2020년 11월, 도서정가제 개정 시한을 앞두고 문체부는 도서정가제를 폐지하자는 국민 여론을 수렴하겠다고 했었습니다. 도서정가제가 폐지될 수도 있었습니다. 결과적으로 도서정가제가 그대로 유지됐지만, 한동안 시끌시끌했지요.

도서정가제가 폐지되면 우리와 같은 작은책방들은 더욱 힘들어질 것입니다. 사실 저는 집에서 책방을 하니 임대료가 나가지 않습니다. 그러나 임대료를 내는 작은 책방들은 결국 버티지 못할 것입니다.

도서정가제가 없어지면 출판사는 좋을까? 그렇지 않습니다. 일부 대형 출판사는 그럴 수도 있겠지만, 많은 중소 출판사들은 책 출판을 더욱 고민해야 합니다. 왜냐하면 팔릴 책을 만들어야 하기 때문에(물론 지금도 그렇지만). 그리고 출판사는 할인 판매를 생각해서 책값을 조금 더 올릴 것입니다. 당연히 이 몫은 책을 구매하는 소비자에게 갑니다. 서점에서는 책을 많이 팔아야 하니 베스트셀러 위주로 책을 진열해놓을 수밖에 없습니다. 다양성이 사라지는 것입니다.

작은 책방을 하는 저도 할인 판매를 고민할 것입니다. 그러나 우리와 같은 작은 책방들은 할인 판매가 어렵습니다. 지금도 우리 책방에서 책을 사는 사람들에게 고맙고 미안한 마음이 드는 것은 인터넷 서점처럼 10% 적립을 해주지 못하기 때문입니다. 동네책방이 인터넷 서점이나 대형서점처럼 할인이

나 적립을 하지 못하는 이유는 책 공급률이 다르기 때문입니다. 뿐만 아니라 현금으로 구입해 오는 경우가 대부분이라 반품이 불가합니다. 도서정가제가 무너지면 그 공급률이 제각각 또 달라질 것입니다.

순수한 독자 입장에서 보면 도서정가제가 왜 있어야 할까 생각할 수도 있습니다. 책도 상품이니 각 가게마다 할인해서 판매할 수도 있고, 원 플러스 원 행사도 할 수 있습니다. 2014년 도서정가제가 시행되기 전, 사실 저도 그렇게 책을 구입했었습니다. 그런데 사실 따지고 보면 책 한 권을 사면 책 한 권을 더 얹어 줘서 책을 샀었나 싶습니다. 인쇄소에서 똑같이 책을 찍어 내니 다른 제품과 같긴 하지만, 책은 과자와도 다르고, 아이스크림과도 다르지요!

책은 책입니다. 달리 뭐라 말할 수 없이, 책은 책인 것입니다.

책을 읽으면 밥이 나오나 떡이 나오나 하지만, 저는 책을 읽어서 밥을 얻었습니다. 일찍이 책 읽는 맛에 빠진 저는 어린 시절부터 글 쓰며 사는 삶을 꿈꾸었습니다. 학교를 졸업하고 30년 넘게 밥벌이를 한 것도 글 쓰고 책을 만드는 일이었습니다. 그리고 좀 나이 들어 서울을 떠나 시골에 책방을 차렸습니다. 젊은 시절 같지 않아 욕심이 덜하니 책방 한쪽에서 텃밭을 가꾸며 먹고 삽니다.

손님 하나 없어도 저는 종일 바쁩니다. 작가와의 만남도 기획하고, 클래식 콘서트도 기획하고, 어떤 책을 들여놓을까 이책 저 책 훑어봅니다. 또 글쓰기 수업도 진행하고, 독서 모임도 진행하면서 틈틈이 책을 읽습니다.

지금의 서점들은 단순히 책만 파는 공간이 아닙니다. 작가와의 만남, 공연 등을 통해 문화사랑방 역할을 하고 있습니다. 물론 거창하게 지역 문화를 위해서 하는 일은 아닙니다. 그동안 살아온 이런저런 경험을 바탕으로 하고 싶어서 하다 보니 함께 나누게 되는 것입니다.

그러면서 시골책방에 찾아오는 사람들에게 책을 판매합니다. 책이 많이 팔릴까요? 그래도 이곳까지 찾아와 책을 구입하는 사람이 있습니다. 클릭 한 번으로 적립도 되는 인터넷 서점에서 살 수 있는 책을 이곳까지 와서 구입하는 것은 이곳에서 '발견'한 책들이 있기 때문이고, 이곳에서 '사람 냄새'를 맡기 때문입니다. 비록 코로나19로 비대면 시대에 살고 있지만, 우리가 살아가는 가장 큰 힘은 바로 사람 냄새가 아닐까요. 그리고 그 바탕에는 도서정가제가 있습니다.

가끔 사람들이 찾아와 묻습니다. 책방을 하고 싶은데 해도 되겠느냐고. 저는 무조건 하라고 합니다. 하고 싶은 일은 해야 직성이 풀리기 때문이기도 하지만, 책방이 마을 곳곳에 생기면 그것이 풀뿌리 문화가 되기 때문입니다. 뿐만 아니라 책방이 아무리 많이 생겨도 같은 책방은 없습니다. 저마다 다른 책을, 저마다 다른 행사를 진행하기 때문에 이 책방을 가도, 저 책방을 가도 맛이 다릅니다. 모든 작은 책방들은 책방 주인이 고른 책들만 갖다 놓고 자기 색깔로 행사를 진행하기 때문에 일률적이거나 획일적일 수 없습니다.(대형서점에서 여기저기 놓인 책들, 인터넷 서점에서도 끊임없이 보이는 책들. 눈 밝은 독자라면 왜 그렇게 자주 띄는지 한 번쯤 생각해야 한다.)

최근 몇 년 동안 작은 동네책방이 많이 생기고 있습니다. 물론 또 많은 책방이 사라지기도 합니다. 이렇게 책방들이 생길 수 있는 이유는 도서정가제가 바닥에 깔려 있고, 다양한 문화가 자리잡는 풍토가 되었기 때문입니다. 달리고 경쟁해야 된다는 세상에서 한 발 물러서 자신만의 숨소리로 살아가는 사람들이 많아지고 있기 때문입니다. 그래서 먹고 살기 힘들어도(몇몇 곳을 제외하면 영세하다는 말조차 나오지 않는 형편이지만) '좋아하는' 일이기 때문에 책방 문을 열고 혼자 흥에 겨워합니다. 그러나 언제까지 좋아한다는 이유만으로 일을 할 수는 없는 일. 특히나 코로나19 이후의 환경은 짐작조차 두렵습니다. 그 와중에 도서정가제를 폐기하겠다는 것은 풀뿌리를 아예 뽑아내겠다는 것이 아닐까 싶었습니다.

시골에 살면서 풀 뽑는 게 일입니다. 제가 풀을 뽑는 곳은 제가 가꿔야 할 상추밭이거나 화초밭입니다. 그 외 사방은 풀들이 자랍니다. 이름도 모르는 다양한 풀들이 어느 날 꽃을 피우면 좋아서 한참 들여다봅니다. 제가 모르고 그곳에 필요 없기 때문에 풀이지, 모두 저마다 이름이 있고 몫이 있습니다. 그래서 시골책방 마당은 풍성합니다. 만약 깔끔한 상추밭과 화초밭만 있다면 좀 질리지 않을까요?

교복을 입고, 단발을 하고, 획일화된 시절을 살아온 저는 지금처럼 다양한 세상에서 사는 것이 참 좋습니다. 우리 아이들은 더욱 더 다양한 세상에서 각자의 숨을 쉬며 살게 하고 싶습니다. 그리고 책을 읽지 않아도 책방에 오면 기분이 괜히 좋아진다는 사람들에게 조금이라도 '지적 위로'를 누리게 하고 싶습니다. 책방은 단순히 책만 파는 공간이 아니기 때문입니다. 물론 책을 좀 팔아야 하지만요.

에필로그

"집 마당에서 꺾어 왔어요."

누군가 꽃을 내밉니다. 누군가 쑥떡을 내밀고, 누군가는 고추를,
누군가는 머위대를 내밉니다.

누군가 제가 읽은 책을 구입해 갑니다. 어떤 지점에서 우리는
만날까 생각합니다.

누군가 저와 함께 글을 씁니다. 그가 돌아가면 그의 글이 저를
일으켜 세웁니다.

시골에서 책방을 합니다.

괜찮은 날들이 많아지고, 나는 괜찮아지고 있는 중입니다.

도시에서 살 때도 괜찮다 생각했습니다. 밥벌이를 할 때도
괜찮다 생각했습니다. 그런데 끊임없이 밖으로 나돌았습니다.

원형탈모증과 위장병을 달고 살았습니다.

누군가 말했습니다.

"그냥 이 자리에 있는 것만으로도 위로가 돼요. 숨을 좀 쉬고 싶을

때 여기가 생각나요."

비로소 알았습니다.

내가 사랑을 받고 있구나. 시골책방을 찾는 사람들로부터 내가

사랑을 받고 있구나. 그래서 내가 괜찮아지고 있구나.

제가 괜찮아지고 있는 것처럼 당신도 괜찮아졌으면 합니다.

부디 아프지 말고, 우리 함께 괜찮은 사람이 되어요.

당신을 사랑합니다.

나는 이제 괜찮아지고 있습니다

펴 낸 날 2021년 6월 9일
초판2쇄 2022년 6월 20일
지 은 이 임후남

펴 낸 곳 생각을담는집
디 자 인 nice age 강상희
제 작 처 올인피앤비

주   소 (17167) 경기도 용인시 처인구 원삼면 사암로 59-11
전   화 070-8274-8587
팩   스 031-321-8587
전자우편 seangak@naver.com
블 로 그 https://blog.naver.com/seangak
© 임후남, 2021, Printed in Seoul, Korea

I S B N 978-89-94981-84-0 03810